U0101338

乌利茨卡娅作品集

Людмила Улицкая

〔俄〕柳德米拉·乌利茨卡娅 著　　赵振宇 译

女人们的谎言

Сквозная линия

CNS PUBLISHING & MEDIA 中南出版传媒
湖南文艺出版社

图书在版编目（CIP）数据

女人们的谎言 / (俄罗斯) 柳德米拉 · 乌利茨卡娅著;
赵振宇译. -- 长沙 : 湖南文艺出版社, 2024.5
ISBN 978-7-5726-1121-6

Ⅰ. ①女… Ⅱ. ①柳… ②赵… Ⅲ. ①中篇小说—小
说集—俄罗斯—现代 Ⅳ. ①I512.45

中国国家版本馆CIP数据核字(2023)第078564号

著作权合同登记号 : 图字 18-2023-058

女人们的谎言

NÜREN MEN DE HUANGYAN

著　　者：〔俄〕柳德米拉 · 乌利茨卡娅
译　　者：赵振宇
出 版 人：陈新文
责任编辑：夏必玄　陈　辞
装帧设计：yieln
内文排版：玉书美书

出版发行：湖南文艺出版社
（长沙市雨花区东二环一段508号　邮编：410014）
印　　刷：湖南省众鑫印务有限公司
开　　本：880 mm×1230 mm　1/32
印　　张：6
字　　数：110千字
版　　次：2024年5月第1版
印　　次：2024年5月第1次印刷
书　　号：ISBN 978-7-5726-1121-6
定　　价：58.00 元

（如有印装质量问题，请直接与本社出版科联系调换）

目 录

狄安娜

这孩子像只小刺猬似的——生着带刺的刷子似的乌发，鼻子长得出奇，鼻尖窄窄的。他是一个独立的个体，有着好笑的派头，总是这儿闻闻那儿嗅嗅，而且对爱抚和触摸完全不买账，母亲的亲吻就更不必说了。不过他的妈妈看上去也是刺猬一族——她不仅不抚摸他，当他们从海滨浴场沿着陡峭的小路往住处攀登时，甚至不给他搭把手。于是，他就在她前面吃力地攀爬着，而她慢悠悠地跟在后面，让他有机会亲手抓住草丛，把身子向上拽，然后滑下来，再次径直朝着住所攀爬，绕过公路平坦的拐弯处，也就是来疗养的人们一般都会走的地方。他还没满三岁，但个性异常鲜明独立，以至于母亲有时候会忘了他几乎还是个小婴儿，跟他交流时会像跟一个成年男子那样，指望着能得到他的帮助和庇护。随后她会猛然醒悟，把小娃娃放在膝上，一边轻轻颠着，一边念叨："咱走着，买坚果……咱走着，买坚果"，而他则哈哈大笑，一次次落到母亲两膝之间绷紧的裙子下摆上。

"萨什卡[1]宝宝——是小鸟！"他的母亲逗弄他。

"热尼娅妈妈——是大麻！"他开心地回答。

整整一个星期的时间，他们两个就这样住在一所大房子里，占了其中最小的一间屋，而其他客房都被打扫得干干净净，准备好了等待房客入住。那是五月中旬，旅游季节刚刚开始，天气有点冷，不适合游泳，不过南方的草木依然秀美，不曾凋零，而清晨又是那么晴朗清新，自从某次热尼娅在黎明时分偶然醒来后，就再也不肯错过此后任何一次日出，那是每日的盛大表演，是她此前闻所未闻的奇观。他们的日子过得美好又安宁，热尼娅甚至开始怀疑起儿童精神科医生们给她那性格狂暴急躁的孩子所做出的诊断。他不吵不闹，不歇斯底里，也许甚至可以称得上听话，假如热尼娅对什么叫"听话"有准确概念的话……

第二周的一天，午饭时分，一辆出租车停在了房子旁边，一大群人从车里蜂拥而出：先是司机，他从后备箱里取出一件不知何用的奇怪铁器；随后是位大个子美女，棕红色的秀发犹如狮子的鬃毛；接下来是一位歪肩膀的老妇人，她马上就被安置在组装好的轮椅上；紧跟着是一个年纪比萨什卡大一点的小男孩；最后是女房东多拉·苏列诺夫娜，她盛装打扮，样子比

1　萨沙的昵称。

平日更为忙乱……

房子坐落在小丘的斜坡上，歪歪斜斜，公路从房子下面穿过，另一条轧坏了的土路比宅院要高，侧面还有一条小径，那是去往海边的最短路线……不过主人自家的地段布置得妙极了——中央放着一张大桌子，四周环绕着果树，两栋房子面对面，浴室、卫生间和小棚子像剧院布景一样呈圆形排列。热尼娅和萨沙正坐在桌边吃通心粉，这一大帮人刚一涌入圆形小院子，他们就马上没了胃口。

“你好，你好！”棕红色头发的女子扔下行李箱和手提包，扑通一下坐到长凳上，“以前没见过你们哎！”

地位立刻分明：她在这里是自己人，是主要人物，而热尼娅和萨什卡是新来的，是次要人物。

“我们是头一回来。”热尼娅像是在道歉一样。

“凡事总有头一回。”棕红色头发的女子富有哲理地答道，然后去了带凉台的大房间，那本是热尼娅一开始就盯上的，但被主人坚决拒绝了。

司机把那位宛如坐在笼子里的老妇人拉下来。她虚弱地尖声说着什么，在热尼娅听起来像是在说外语。

萨沙从桌边站起来，带着孤傲的神气走开了。热尼娅收拾了餐盘送到厨房，心里想着：终究是不可避免要彼此认识的。这位棕红色头发的女子一出现，把夏天的整个景致都彻底改变了……

那个白皮肤、长着翘鼻子、颅骨格外狭窄的男孩，跟棕红色头发的女子显然是用英语在交流，但他说的话热尼娅听不懂。不过他妈妈倒是很清楚地断然说："Shut up, Donald.[1]"

热尼娅在这之前从未见过英国人。而棕红色头发的女子一家原来就是再地道不过的英国人。

他们真正相识，按南方的时间观念，是在傍晚快要结束的时候，那时孩子们都睡下了，晚餐的餐具也已经洗好了。热尼娅往台灯上搭上一条头巾，免得照到熟睡的萨什卡。她正在阅读《安娜·卡列尼娜》，为的是对比自己正在分崩离析的家庭生活里发生的若干事件和一个真正的女人所经历的真正的悲剧——这个女人白皙的脖子上散落着缕缕鬈发，她有着富于女性魅力的双肩，罩衫上饰满荷叶边，手里还拿着手工制作的红色小包……

热尼娅本来没想要跑到新邻居灯火通明的凉台上去，可对方却主动用做了美甲的硬指甲敲她的窗，于是热尼娅走了出来，穿着睡衣，外面套着高领毛衣——晚上很冷。

"路过'党员食品店'的时候，猜猜我做了什么？"棕红色头发的女子严肃地问。热尼娅有点迟钝地沉默着，什么机智风趣的答语也想不出来。"买了两瓶'克里米亚'牌葡萄酒呀，这就是我做的事。还是说你不喜欢喝波特酒，而是更喜欢雪利酒[2]？走吧！"

1　英语，意为：闭嘴，唐纳德。

2　波特酒与雪利酒均为葡萄酒品种。

于是，热尼娅把安娜·阿尔卡季耶夫娜[1]放到一边，着了魔似的跟着这个衣着豪华的婆娘走了，对方身上裹着一件不知是斗篷还是毛毯的衣服，毛茸茸的，方格图案，红绿相间……

凉台上一片乱七八糟。行李箱和手提包大敞四开着，让人惊讶的是，里面装了多少鲜艳夺目、颜色各异的衣服啊——连三把椅子、一张折叠床和半张桌子都放满了。折叠沙发椅上坐着老母亲，她那有些歪斜的苍白脸庞上露出无人留意的谄媚笑容。

棕红色头发的女子叼着烟，把波特酒倒入三只杯子，最后一只里倒得少些，然后把它塞到母亲手里。

"可以叫我妈妈苏珊·雅科夫列夫娜，也可以什么都不叫。她一丁点儿俄语都不懂。中风之前倒是懂一点儿，中风后全忘光了。英语也是。她只记得荷兰语了，那是她儿时的语言。她就是个纯洁的天使，可一点儿脑子也没有。喝吧，苏西[2]姥姥，喝吧……"

她温柔地把杯子塞给母亲，母亲则用双手接过来，兴致勃勃的样子，让人觉得她并非把世上的一切全都遗忘了……

第一个晚上全是在讲棕红色头发女子的家族史——可真是辉煌的历史啊。没头脑的天使是荷兰裔，度过了共产主义的青年时代，跟一位有着爱尔兰血统的大英帝国臣民、不列颠陆军的军官兼苏联间谍缔结姻缘，这个间谍后来被抓住并判处死刑，

1 《安娜·卡列尼娜》的主人公安娜。

2 苏珊的昵称。

又以对等交换的方式被换了过来，运送到了全世界无产阶级的祖国……

热尼娅听得津津有味，不知不觉就喝醉了。沙发椅上的老妇人轻轻地打着鼾，随后身下就流淌出了涓涓细流。

艾琳·利里（瞧这姓名！）两手一拍：

“我这一放松，忘记让她蹲尿盆了。不过现在已经无所谓了……”

于是她又讲了一小时她那令人艳羡的家族史，热尼娅也越发醉醺醺，不是因为那瓶喝得一滴不剩的波特酒，而是赞叹和心醉于这位新相识。

凌晨三点，她们给从睡梦中惊醒、一头雾水的苏西换了衣服、简单擦了擦，然后就分了手。

转天是忙乱又喧闹的一天——早上，热尼娅做了早饭，给大家吃了燕麦粥，然后带着两个男孩去散步。英国男孩唐纳德虽然生在俄罗斯，可家世同样令人赞叹——他的爷爷鼎鼎有名，但也在当间谍时暴露了，被用比他姥爷更高的代价交换了回来。男孩特别招人喜欢：彬彬有礼，家教良好，而且让热尼娅像对他那棕红色头发的妈妈一样心生好感的是，他一上来就对活泼好动、爱发脾气的萨什卡表现得宽宏大量，就像哥哥包容弟弟似的。其实，他也的确年纪大些，已经满五岁了。他很快展现出某种成熟的高尚气度：他马上把好玩的小车让给了萨什卡，还向他演示了车身如何升起来。当他们走到卖饮料的小亭子时

（萨什卡通常会在这儿开始缠着要水喝，而热尼娅通常会给他买一杯装在半透明杯子里的汽水），五岁的唐纳德对递给他的那杯摆了摆手，说：

“你们喝吧，我待会儿再说。”

活脱脱一位小爵爷方特洛伊[1]。当热尼娅回来时，艾琳正跟女房东坐在院子里的桌子旁。从一贯傲慢的多拉在这位新房客面前俯首帖耳的样子来看，艾琳在这儿极受重视。大家都分到了房东家的羊肉汤，汤热乎乎的，里面加了过多的胡椒。英国小男孩慢悠悠地喝着，举止极其文雅。萨什卡面前也放了一碗汤，热尼娅预备着随时出手悄悄管住他，因为他是很挑食的，只吃土豆泥配肉饼、通心粉和加了炼乳的燕麦粥……其他什么都不吃，从来不吃……

然而，萨什卡看了一眼小爵爷方特洛伊，就把勺子伸进了汤里……这大概是他这辈子头一回吃下自己的挑食菜谱之外的东西……

午饭后，孩子们睡了，女人们都坐在桌旁。多拉和艾琳回忆着去年的旅游旺季，快活又好笑地谈论着一些陌生人，以及疗养地的一些古老的趣闻。苏西则坐在沙发椅上，她的笑容是那么一如既往又不合时宜，就像她鼻子和嘴之间那颗棕色的痣。热尼娅稍微坐了坐，喝了一杯多拉的高级咖啡后就回自己房间

1　美国作家弗朗西丝·伯内特的小说《小爵爷》的主人公。

了。她在萨什卡身边躺下，本想继续读《安娜·卡列尼娜》，但在大白天读书几乎算得上是不体面的行为，于是她把卷了边儿的书放到一边，打起了瞌睡，梦里想象着晚上能跟艾琳两个人坐在她的凉台上，没有多拉在旁边……她们还会继续喝波特酒，那该多棒啊……就像从云端向下俯视，她忽然意识到，自从棕红色头发的艾琳来了以后，她已经有一天多的时间一次也没想起生活里那些可恶的糟心事儿了，那种事儿称之为灾难也不为过，就像一只黑褐色的斑纹蟹在她身体里啃噬着她……让它见鬼去吧，这种爱情游戏也没那么有趣……随后她便坠入了梦乡的最深处……

当她醒来的时候，感觉还是有点儿像是在云上，因为有种不知从哪儿来的久违的愉悦。她把萨什卡叫醒，给他穿上裤子和凉鞋，然后两人一起进城去，城里有萨什卡爱玩的旋转木马，木马对面则是"党员食品店"。

"至于为什么是'党员'的，得问问艾琳才知道"，热尼娅心想，买了两瓶波特酒。那一年的红酒形势大好：戈尔巴乔夫还没有开始禁酒，国营农场、集体农庄和个体户老大爷们都在造克里米亚葡萄酒——干型的，半干型的，加强型的，马桑德拉葡萄酒，新世界葡萄酒[1]，免费赠送的和价格昂贵的葡萄酒……可糖、黄油和牛奶却没得卖……但这一点偏偏被人们当

1　指出自传统葡萄酒产区（欧洲与中东）以外的葡萄酒。

成不重要的事给忘记了。因为生计本身最重要。

傍晚她们又在凉台上喝波特酒。只不过老母亲被早些打发去睡觉了。她没有反对。本来她也只是一直点着头，用不知什么语言表达着感谢，还微微笑着，不时叫着“艾琳！”而当她女儿走近时，她又不好意思地微笑，因为已经忘记为什么要叫女儿了。

艾琳坐着，胳膊肘抵着桌子，左手托着脸颊，右手端着杯子。游戏用的纸牌撒了一桌子——是之前的纸牌阵打乱后留下的。

“已经有一个多月摆不成了。总是有点儿地方不顺……热尼娅，你喜欢牌吗？”

“你指哪种？我小时候倒是跟爷爷在别墅玩过抽‘傻瓜’……”热尼娅对这个问题感到惊讶。

“也许这样更好……而我喜欢……又玩牌，又用牌算卦……我十七岁的时候，一个算命的女人为我做了一个预言。我本该忘掉的……可没有忘。而一切都像她说的那样，分毫不差。”

艾琳拿起几张纸牌，摸了摸纸牌花花绿绿的背面，扔到桌上，让纸牌花色朝上：最上面一张是梅花九。

“我受不了这张牌，可它老是缠着我……赶紧离开这里……我都被它搞得胃痛了……”

热尼娅想了想，又问：

“也就是说，你总是知道事情最终的结局？就不觉得无聊吗？”

艾琳挑了挑黄色的眉毛：

“无聊？你还是什么都没明白……哎，可一点儿也不无聊……要是告诉你……”

艾琳把第一个酒瓶里剩下的酒倒进两人的杯子。喝完后，把杯子一推。

“热尼娅，你已经明白我是个话痨了吧？我总是在讲自己的事，什么秘密都守不住。别人的秘密也是，你可记住了——我是警告一下，以防万一。但有一件事我没跟任何人说过。你是头一个。不知为什么我突然这么想要讲……”

她笑了笑，耸了耸肩：

“连我自己都很惊讶。”

热尼娅也用胳膊肘抵着桌子，用手托着脸颊。她们面对面坐着，带着沉思而又空洞的表情彼此凝望，仿佛在照镜子……热尼娅也惊讶于艾琳竟突然选择自己作为坦白的对象，并为此感到飘飘然。

“我的母亲从前是个美人儿——酷似狄安娜·窦萍[1]，如果这么比方能让你明白的话。她自始至终都是个傻女人，准确地说，不是傻，而是迟钝。我非常爱她。但她的脑子总是一团糨糊：她既是个共产主义者，又是个路德宗信徒，还是萨德侯爵[2]的爱

---

1 狄安娜·窦萍（1921—2013），好莱坞著名影星。

2 萨德侯爵（1740—1814），法国著名色情文学作家，被称为情色小说鼻祖。

好者。她时刻准备着马上献出自己拥有的一切，同时还能跟我父亲歇斯底里地闹，因为她突然想要立刻拿到那件她1930年在圣米歇尔大道[1]上买的女士泳衣，就是在靠近卢森堡花园的那个拐角处买的……我父亲死的时候，我十六岁，于是和母亲相依为命。应该为我父亲说句公道话，我真不明白在他俩艰难得不可思议的生活中这是怎么做到的——她表现出彻头彻尾、压倒一切的无能为力：连一天活儿都干不了，因为她尽管有两门母语，英语和荷兰语，却学不会俄语。四十年都学不会！我父亲在广播站工作，本来那地方能把她也招进去。可就连那里，那个原则上不需要说俄语的地方，也得起码能说句俄语的‘你好’或者念念标记‘安静，正在录音中’啊。她做不到。父亲死后，我马上就去工作了。我没受过任何教育，但我是个很优秀的打字员，能用三种语言打字……

“好了，接着说预言吧。我有一个年迈的女友，是个从20年代起就滞留在俄罗斯的英国人。曾有一片不大的在俄英国人侨民区。我自然认识那里的所有人。他们要么是共产主义者，要么是自新经济政策时期以来出于某些原因留在俄罗斯的技术人员。我这位女友安娜·柯克是为了爱情滞留此地的。爱人被枪毙了，而她幸运地活了下来。当然，她是服满了刑期才被放出来的，没了一条腿。她几乎不出家门，只教教英文课，还给

1　法国巴黎拉丁区的主要街道之一。

人算命。她算命不收钱，但礼物是收的。她教会了我一些东西，我也对她有点儿用处……

“有一次，我正泡在她那儿，一个美女来找她，好像是个将军的夫人或是党员的妻子，不知是没法生育，还是来问要不要收养一个孩子。我这位女友安娜用平时那副派头跟对方说话，讲的不知道是什么语言，口音很重。可她是懂俄语的，不比我和你说得差——她可是在劳改营里待过八年呢。但当她觉得有必要的时候，就会装出那种口音来……她骂起娘来的时候，可真是花样百出！而她跟这位美女讲话时不置可否，说得弯弯绕绕、含含糊糊，就像算命女人应该做的那样，一会儿似乎会有孩子，一会儿又似乎不会有孩子，但还是没有孩子更好……

“然后她突然转向我，说：‘而你会从第五个开始，记住了……从第五个……’

“什么我从第五个开始？真是无稽之谈。我扭头就给忘了。可后来又适时地想了起来……”

艾琳又用双手托着下巴陷入沉思。她的双眼闪烁着动物般的光，像小猫一样……透着一种舒适、娇柔和隐隐的忧虑。

热尼娅有过一些女友，她们一起上学，一起谈论意义重大而又内涵丰富的话题，谈论艺术、文学或是人生的意义。她的毕业论文是关于俄罗斯现代派诗人的，论文题目在当时也很是考究——关于1910年代现代主义流派诗人和象征主义者之间的诗歌唱和交流。热尼娅尤为幸运——她的论文指导教师是一位在俄罗斯文学的这一领域得心应手、就像在自家厨房里一样自在的年迈女教授。这位女教授安娜·韦尼阿米诺夫娜被大学生们（主要是女大学生们）奉若神明。她不是道听途说才了解所有这些诗人的，而是真的认识他们：她跟阿赫玛托娃几乎算得上交好，跟马雅可夫斯基和莉莉娅·布里克喝过茶，听过曼德尔施塔姆的朗诵，而且记得库兹明活着的样子……在安娜·韦尼阿米诺夫娜身边，热尼娅自己也结交了一些重要人物，周旋于人文知识分子之间，并指望着日后自己也能成为一个什么大人物。而且说实话，这天晚上的这种俗气的空谈是热尼娅有生以来闻所未闻的。奇怪的是，在这种空谈里蕴含着某种重要的东西，既内涵丰富，又切合实际。或许，甚至包括那所谓的人生的意义？

波特酒带来甜蜜的微醺感，周围一片寂静，窗外的夜色里，路灯在大无花果树的树叶上闪动着光斑，这一切都让热尼娅感到愉悦。她揣测，能暂时摆脱那些纠缠不休、亟待解决的重要（真的重要吗？）的人生难题，她自己也颇为享受……

艾琳把纸牌从桌上扫走——有几张掉到了地上，还有几张落到了椅子上……

“苏西拿着一本小书躺在沙发上，从早躺到晚，还咂着硬糖。如今我明白她当时是心情沮丧，可那时候我看到的只是她变成了我的孩子。要知道，这距离她中风发作还有很久。我当然不至于一勺一勺喂她吃饭，可如果我没给她把汤盛到碟子里，她能三天不吃不喝……我决定必须马上要孩子，要自己亲生的、真正的孩子，因为我根本不想给自己的亲妈当妈。说不定她能当个姥姥呢，推推婴儿车什么的……我很快就结婚了，随便嫁给了一个碰到的人。对方是同院儿的小伙子。人倒是很英俊，不过是个彻头彻尾的傻瓜。我怀孕了，九个月里挺着肚子走路，像戴着勋章似的。人们常说，孕妇容易中毒、心情不佳、得高血压……还会有些什么症状来着？可我什么事儿都没有。还在打字机旁打着字呢，就直接生孩子去了。没来得及打完把活儿交上去。我寻思着很快就能生完，然后再带着小孩儿来把活儿干完。还剩两天的工作没做。结果却不是我想的那样。我的孩子脐带绕颈，快不行了，而助产士太年轻，医生则是个混账。他们生生把我的孩子给耽误了……本来只需要请一个普通的产婆就行的……可我当时只有十八岁，是个小傻子。这就是第一次：我的头生子就这么死了。我想叫他大卫，纪念我的父亲。我的奶水四溢，眼泪也流成了河……”

艾琳眯起眼睛，用专注的目光看着热尼娅，似乎在掂量是否值得继续讲下去。

“萨什卡出生时也是脐带绕颈。”热尼娅很受震动，悄声说。她知道这种情况对于婴儿来说是很危险的——那根脐带如同可笑的绞索，曾经在整整九个月的时间里忠实地为婴儿服务，随后突然就将它绞杀了……不过这还是热尼娅第一次见到真的因此失去孩子的母亲。

“两个月后，我又怀孕了。你不了解我的性格：我要是要什么东西，掘地三尺也要把它弄到手。我又挺着肚子走路。这回不那么舒服了，一会儿恶心，一会儿胀得慌，一会儿又发麻……不过没事儿，精神好得很。我丈夫是个汽车修理工，一个十足的蠢货。我跟你说了，我是匆匆忙忙随便就嫁人了。他挣的钱全被他喝酒喝光了。长相嘛，跟阿兰·德龙[1]一个样，就是个子高些。我勤勤恳恳地坐着用打字机打字，体面地敲击键盘。赚的钱足够给苏西买‘小檗’牌硬糖吃。

“第一回怀孕时我明确知道是个男孩。这回我计划生个女孩。肚子越来越大，我有了个娘们儿才有的爱好：挣到一点钱，就去逛‘儿童世界’。小袜子呀，小衣服呀，婴儿连裤袜呀……都是苏联式的，呆笨又粗陋。可我当年是院子里长大的毛丫头，成天在栅栏上挂着。要知道，我父母起初是被安上别人的姓氏迁到伏尔加斯克市的。我十岁时才知道自己的真名。父母的身份脱密后，姨妈寄来了第一个包裹，里面还有个洋娃娃。而我完全受不了这种东西，也不想当女孩。每次大人硬要给我穿裙子的时候，我都嚎啕大哭。胸部开始发育时，我差点没上吊自杀。”艾琳舒展双肩，硕大的胸部从脖子直抖到腰间。

热尼娅带着淡淡的嫉妒望着她：这是个有故事的人……而且看得出来，艾琳知道自己富于感染力。

1 阿兰·德龙（1935— ），法国著名男演员。

“我的小姑娘是个美人儿——打一生下来就是了。新生儿常有的病症，什么粘连啊，红肿啊，湿疹啊，她都没有。眼睛蓝蓝的，头发又黑又长，这是随汽车修理工父亲的。长相则跟我一模一样，有我的鼻子，我的下巴和鹅蛋脸……”

热尼娅仿佛是第一次见到艾琳：棕红色的头发挡住了视线，让人没能一下子看出她是个美人。确实，她有着鹅蛋脸，鼻子，下巴……甚至连牙齿，要是长在别人嘴里就跟马牙一样，长在她嘴里则是英国式的——又长又白，微微前凸，刚好能让嘴唇微微抬起，仿佛在迎头期待着什么……

“我看了她一眼，马上就看出来，她叫狄安娜。别的任何名字都不行。她小小的，很玲珑，双腿修长，小屁股结实饱满。她是世界上最美丽的小女孩。这不是我作为母亲的臆想，大家都对她表示赞叹。第三天，我一出院，就把那个汽车修理工赶走了。他简直污我的眼。他第一次抱起孩子时，我就恍然醒悟：狄安娜应当拥有另一位父亲。问题不在我这里。我那时还不算个女人。跟这个汽车修理工是没有结果的，可我不明白这一点。等到他抱起孩子，我才看出来他是一个粗鲁至极的蠢货。这是我的女儿向我证明的。她又聪明，又安静。我这辈子都没见过这样的——你可别笑啊！——女人。她特别清楚跟谁该如何相处，该从谁那里期待得到什么。你可以想象得出，她对苏西很包容大度。我把她留下跟苏西在一起时，她从来不哭。她明白，哭没有意义。她四个月大的时候，我开始给她读书。她爱听的时候，就说‘对——对——对’……不爱听的时候，就说‘不——不——不’。她半岁大的时候就全听得懂了，真的全都懂，十个月大的时候她就开始说话了。会走路一个月后她说：‘妈妈，一只苍蝇在飞。’真的有只苍蝇……

“我给她喂奶喂了很久。奶水一直有，她也喜欢我的胸部。她会紧紧依偎着我，吸一吸，然后用手摸摸我的胸，说‘谢谢’。可后来我得了流感，体温蹿到四十度以上。我烧得失去知觉，没法喂奶。我的女友们纷纷赶来，喂她酸牛奶和粥。她那时已经快一岁了，闹着要见我，大家不放她来，怕她被传染。她在小房间里喊着：‘妈妈，我不懂！’苏西也病倒了。这场传染病可真是厉害，我的女友们一个接一个被我传上了。我自己什么都不记得。”

艾琳用双手捂住眼睛，仿佛在躲避强光。头发几乎把她的脸全遮住了。热尼娅已经意识到，某种可怕的事当时曾经发生过，现在也马上就要发生了……但她还是略微抱有一点期待……

“后来我能起来了，就去看狄安娜，她还在说话。”艾琳继续说。热尼娅注意到，她的鼻孔和苍白的眼皮发红了。“我叫来了医生，医生马上就给她打了抗生素。打完两针后，狄安娜出现了过敏反应，全身都起了疹子。唉，可真是我的女儿啊。我自己就是过敏体质。医生给她开了地西泮镇静剂，就跟给我开的一样，只不过剂量是我的二十分之一。而我感觉越来越糟。

体温烧到四十度，时常感觉仿佛在漂浮着。每次我恢复知觉，就给狄安娜和妈妈喂酸牛奶……不时有人来了又走。我跟女医生吵架，因为她要我马上住院。几个女友偶然出现一下，还有女邻居。我记得那个汽车修理工也跑来过，醉醺醺的。我把他赶走了。

“我迷迷糊糊地起身，给狄安娜端尿盆、换衣服、喂药……我的小美人儿不肯照镜子，说‘不要’……她不喜欢脸上有疹子的样子。

“热尼娅，我和她的地西泮包装是一模一样的。我不知道我给她吃了多少地西泮。而且日子也过得分不清时间。我烧到四十度，哪里看得到什么时间啊。我连白天和黑夜都分不清。但我牢牢记着要给狄安娜吃药……外面是十二月，整天整夜都是漆黑一片……12月21号冬至那天，我起了床，走到狄安娜身边，碰了碰她——她身上冰凉。烧退了，我心想。小灯亮着，我看了一眼，她的小脸蛋惨白惨白的，疹子无影无踪……我没叫醒她，而是又躺下了。后来我又起来，想着该给她吃药了。那时候我才醒悟，我的小美人儿狄安娜已经没气儿了……”

热尼娅看到了这一幕，就像在看电影一样：艾琳穿着白色的长衬衣，在儿童床上方俯下身，从床上抱起一个也穿着白衬衣的小女孩。只不过热尼娅没看见小女孩的脸，因为它被闪着光的棕红色头发挡住了，这些头发直到现在还在生长着，鬈曲着，闪着光芒……而狄安娜已经不在了……

热尼娅没法哭，因为她的心里凝结了一团苦涩的东西，眼泪再也流不出来。

“我的小女孩下葬时我不在。”艾琳看了一眼热尼娅，目光是那么率直而残酷，让热尼娅不禁心想：“上帝啊，生活中竟会发生这种事，而我怎么还困扰于各种鸡毛蒜皮……”“我得了脑膜炎，在各家医院里躺了三个月，后来重新学习走路，学习怎么把勺子握在手里。我像猫一样命大。”艾琳苦笑起来。

艾琳的嗓音实在是不同寻常，让人一听难忘：沙哑又柔和，像一位女歌手的嗓音，这位女歌手在克制着自己，因为如果她放声唱起来，大家就都会被这种嗓音感染，嚎啕大哭起来，冲向这塞壬之歌[1]所指引的地方……

热尼娅也被这想象中无比美妙的歌声征服了。她哭了起来，这番讲述带来的刺激和苦涩化作滚滚的泪水。艾琳递给她一块白色的手帕，上面绣着花边，洒了香水。热尼娅的泪水马上就把它浸湿了。

“如今她本来应该十六岁了。我很清楚她本来会长成什么样儿，怎么说话，怎么动。她的个头、身形和嗓音，我都一清二楚。我知道她会喜欢什么样的人，会躲开什么样的人；她喜欢吃什么食物，又无法忍受什么东西。”

艾琳停顿了一下，热尼娅感觉她似乎在凝视着黑暗，仿佛

1　塞壬，是古希腊神话中人首鸟身的怪物，传说它拥有天籁般的歌喉，常用歌声诱惑过路的航海者而使航船触礁沉没。

在角落那里就站着一个小姑娘——容貌清秀，蓝蓝的眼睛，乌黑的头发，但又完全隐形……

“她在世上最喜欢的事儿就是画画了，”艾琳继续说，依然盯着角落里浓重的黑暗，“她三岁起就显然注定要成为画家。她画的画儿非常疯狂。到她七岁时，那些画儿越来越让人想起丘尔廖尼斯[1]了。后来，画风变得更强烈了，尽管依旧保留了神秘与温柔……”

“疯了，”热尼娅领悟到，“这是真正的疯狂。她失去了孩子，然后发疯了。”

但她没有说出声。艾琳又笑了起来，抖了抖自己那满头的铜导线一样的头发。她的头发仿佛在叮当作响。

“哎，你会说我疯了。不过任何疯狂都有合理的解释。我女儿的一部分灵魂留在了我身上。有时候某些东西触动了我，我就特别特别想画画，于是就画起来。画的是我的狄安娜本来会画的。等回到莫斯科，我可以给你看看这些年里攒下来的几大夹子她的画儿。”

波特酒早就喝光了。时间也过了三点，她们也散了——言尽于此，没什么其他可说的了……

转天早上，大家一起去溜了一大圈，一直走到了邮局，给莫斯科打了电话，然后在码头上的羊肉馅饼铺吃饭。热尼娅相

---

1 米卡洛龙斯·丘尔廖尼斯（1875—1911），立陶宛画家、作曲家，是欧洲抽象艺术的先驱之一。他可以同时感知色彩和声乐，所以他的许多画作使用了音乐作品来命名。

信，羊肉馅饼的香味诱人又险恶，会让他们患上痢疾之类的常见肠胃病，但她指望着忠于自己极简主义饮食习惯的萨沙会拒绝香气扑鼻的三角馅饼。然而萨沙说了句“好”，就又吃下了自己神圣的食谱之外的食物……这已经是第二回了……

晚间的波特酒小酌就要结束了，至少不会再有两个人之间的小范围谈话了：转天艾琳的两位女友会来，其中一位名叫薇拉，也是热尼娅的老熟人——就是她给了热尼娅这个海滨街上的地址……热尼娅早早就开始感到遗憾，因为接下来再也无法跟艾琳独处了。

那天的夜晚开始得比平时要晚，因为萨什卡一直在淘气，不肯放热尼娅离开。他睡着了又醒，抱怨几句又睡着。热尼娅蜷着身子躺在他身旁，打起了盹儿。如果不是十一点出头的时候艾琳敲她的窗子，她会一直这样睡到早晨，穿着裤子和毛衣……

于是又是两瓶克里米亚波特酒，窗外又是漆黑一片，这次甚至没有路灯，因为那天停电了。两根白色的粗蜡烛照亮了凉台。蜡烛是从莫斯科带来的，专门在这种场合使用。苏西和唐纳德早已在房间里睡了，艾琳则坐在凉台上深深的扶手椅里，裹着她那红绿相间的方格衣服，把纸牌在面前扔得到处都是。

“这是‘通往断头台之路’，一种古老的法国纸牌阵，我经常一年里一次都摆不成。可刚刚我坐在这里等你，就忽然摆成了……这就是表示，对房子、对时间、对这个地方有好感……多少也是对你有好感。尽管你的守护者完全不同，来自另一种基本元素……"

神秘主义对热尼娅有种朦胧的吸引力，但她有些羞于认可这种返祖现象。她鼓起勇气追问：

"那我的基本元素是什么？"

"远远看去是水。你的基本元素是水。你写诗吗？"艾琳认真地问。

"以前写过。但我的专业本来是研究本世纪初的俄罗斯诗歌。"热尼娅不好意思地承认。

"我看出来了——双鱼，富于诗意的个性……生活在水里。"

热尼娅在震惊中沉默着——她确实是双鱼座的。

"热尼娅，我二十岁就成了死了两个孩子的母亲，"艾琳没有任何铺垫便从昨晚停住的地方接着讲起，"我又花了两年时间来学习继续活下去。有人帮我。多亏了这个，"她做了一个含糊的手势，或多或少指向上天，"后来我遇到了命中注定的人。他是个作曲家，来自一个俄罗斯贵族家庭。他家在革命期间跑到了法国，战后才回来。他比我大十五岁。而且，真奇怪，他从来没有结过婚，尽管他的情场经历很丰富。他父亲在革命前是副部长，有段时间还是国家杜马[1]成员……在某种意义上跟我那些英荷血统的共产主义祖先们完全相反。然而，他的父亲瓦西里·伊拉里奥诺维奇——我就不提他的姓了，在俄罗斯太如

1 "杜马"一词为俄文音译，意为"议会"。

雷贯耳了——无论外表还是内在都跟我父亲惊人地相似……他家特别不喜欢共产主义者。但他们接受了我，尽管我拖着共产主义的尾巴。话说回来，他们也别无选择：我和戈沙[1]彼此爱到忘我的地步，马上就投入了彼此的怀抱，转天早上他就带我去了民事登记处，觉得事情已经定了，无可更改。于是我的第二次生命开始了，除了我妈妈以外没有任何过去的痕迹留下。而她，实话实说，她什么都没注意到。你可别觉得这是在她中风发作之后的事，是在之前！她真的什么都没注意到，偶尔还用我第一任丈夫的名字叫第二任，我和戈沙只是笑笑……他是在法国和英国受的教育，50年代回到俄罗斯，在流放地生活了一段时间……哎，你懂的，这种事儿很常见。我们相识那年，他家终于在莫斯科落了户，分到了一套别斯库德尼科沃区的两居室——以十二月党人[2]的后代的身份。付出的代价是阿卢什塔[3]的别墅和莫伊卡河[4]畔的房子……”

热尼娅脑海中冒出一种朦朦胧胧、不成形的想法：如此罕见、不同凡响的人物，像是英裔俄国间谍的女儿和流亡巴黎期间出生的十二月党人后代，是根据何种神秘的规则凑到一起的呢？她甚至想跟艾琳提提这一点，但不好意思打断她那缓慢悠

1 格奥尔基的小名。

2 十二月党人是19世纪20年代俄国一批从事资产阶级革命活动的青年贵族军官，发动了俄国历史上第一次试图推翻沙皇专制制度的武装起义。

3 乌克兰海滨城市。

4 环绕圣彼得堡中心区的河流，周边是传统的富人区。

长、几乎是沉思般的讲述……

“我很快就怀孕了，”艾琳笑了笑，不是朝着热尼娅，而是朝着远方，“格奥尔基不知道那时我已经失去过两个孩子了。我隐瞒了孩子的事……我不想让他可怜我……这次怀孕是世界上最幸福的一次了。肚子以吓人的速度变大，戈沙晚上总趴在我肚子上听。

“我问，‘你在听什么啊？’

“‘在听他们说什么。’他相信会生一对双胞胎。

“最后医生们也确定听到了两个心脏的跳动。我生下了两个非常漂亮的男孩，一个棕红色头发，另一个黑色头发。两个孩子都六斤多重。不管你信不信吧：打出生的头一个小时起，他俩就彼此讨厌，还把父母进行了分配——棕红色头发的亚历山大选择了我，黑头发的雅科夫选择了戈沙。事情难办极了。一个睡着的时候，另一个就叫唤。我给一个喂奶的时候，另一个就扯着嗓子大哭大闹，哪怕已经喂过奶了。后来他们学会了咬人、吐口水和打架……一个刚站起身来，另一个马上就把他撂倒。俩人一分钟都不能待在一起。可只要一把他俩分开，他们就冲向对方。看到对方迎面跑过来了，就亲一亲，马上又开始打架。我这对双胞胎之间有某种很特别、很紧张的关系。我跟他们讲英语，戈沙跟他们讲法语。等他们开始会说话了，连语言也彼此分配好了：亚历山大讲英语，雅科夫讲法语。嗯，这是自然的。他俩彼此之间讲俄语。但你别觉得这是特意教给他们的。一切都是他们自己选的，强迫他们、逼着他们去干什么是不可能的。我和戈沙观察着他俩，感觉快活极了：这种任性又固执的可恶基因真是随了我们俩啊。

“我们在普希金诺[1]住了一整年，在那里租了过冬别墅，把苏西姥姥也带在身边。她那时候相对来说好些了，还能读小说……你懂的，她从来都没什么用处，也帮不上什么忙……最后，戈沙终于被一所音乐学校录用了，去教作曲班。这是超级大材小用。他本来应该去音乐学院的……但他师承西方，让大家不敢接近。有时候他还给电影作曲，但主要是靠翻译挣钱。我还是照旧打字，尽管我每次接活儿他都特别不高兴。他有一台糟透了的‘莫斯科人’牌汽车，每次开着去莫斯科，回来时都要修……这是辆聪明的车，总是到家附近才坏掉。我们幸福极了——同时也累得东倒西歪。

“春天花开的时候，我总是会生病，因为过敏。那年春天花开得特别盛，我总是呼哧呼哧的，喘不过气来。下雨的日子里，我靠着吃药勉强能缓过来。后来热起来了，刚热两天，我就开始窒息。这种症状叫昆克氏水肿。离我们最近的电话在邮局，普希金诺的救护车在当时就跟鸵鸟一样稀有。戈沙半夜把孩子们叫醒，匆忙给他们穿上衣服，放到后座上——我们不敢把他们留给苏西，她搞不定的。他们大半夜的被叫起来，倒是异常

1　俄罗斯城市，距莫斯科约 30 公里，沙俄时期曾是贵族的度假区。

温顺，甚至没有打架，而是互相搂抱着坐到了后座上。然后戈沙把我拽出来放到前座上，开车前往当地的医院。他拼命地开，因为我快吸不上气儿了，脸色像煮过的甜菜一样苍白……”

艾琳闭上眼，但闭得不太紧，仿佛从门底下露出一条有光的小缝。热尼娅觉得艾琳失去了知觉。她跳起来，摇了摇艾琳的肩。艾琳这才像睡醒了一样，发出她那独特的、唱歌一般的笑声。

“全说完了，热尼娅。我把一切都跟你说了。我的水肿太厉害了，导致我什么都没看见，也没感觉到。我没看见那辆朝我们飞驰而来的翻斗卡车，也没感觉到撞击。只有我一个人活了下来。当我被抬上手术台时，我已经什么昆克氏水肿都没有了——撞车的那一刻就消失了。太离奇了……可我生还了……”

艾琳撩开右侧的头发——一道深深的、平坦的缝线从耳后直达头顶。热尼娅不知为什么用手指沿着它摸了一下。

“这条缝线我完全没有感觉。我这样的人在医学上极其罕见。我的痛觉几乎为零。比如，我要是割伤手指，自己都发现不了，非得等我看到血在流的时候才行。这很危险，但也多少有点儿用。”

艾琳伸手去拿放在椅子上的包，从中取出一个有三个火柴盒大小的长盒子，又从里面取出一根长针，扎进大拇指根部的雪白皮肤里。针轻而易举地扎了进去。热尼娅尖叫起来。艾琳笑了。

“这就是我身上发生的事。我失去了痛觉。车祸发生三周后，当我得知我既没有丈夫，也没有孩子了的时候，我就变成这样了。”艾琳把针拔出来，一小滴血流了出来，艾琳把它舔掉了。“我的味觉也几乎丧失了。我分得清咸的和甜的，但仅此而已了。有时候我觉得，这只是我对味道的记忆，来自我还什么都能感觉到的时候……”

艾琳把剩下的酒倒上，站起身，把扶手椅一推，发出巨大的声音。她住的地方是多拉这里最舒适的，不仅有凉台，在穿堂里还有单独的厨房，那里储藏着艾琳的一点儿葡萄酒库存：六瓶酒，是买来迎接明天到来的女友们的。她在黑暗中搜寻了很久，然后拿来一瓶雪利酒。

热尼娅的泪水已经在昨天流光了，新的泪水在过去的一天里不知怎么还没酝酿出来。她的喉咙发干，鼻子刺痛发痒。

“那个英国女巫安娜·柯克原来是对的：唐纳德正是我的第五个孩子。就像她预言的：从第五个开始……”

夜色先是变淡了，然后变灰，鸟儿唱了起来。故事讲完的时候，天已经亮了。

“要不煮点咖啡？”艾琳问。

“不了，谢谢。我再睡会儿。”热尼娅回到自己的小屋，面朝下躺到枕头上。在睡着之前，她还来得及想一想：“我活得真是浑浑噩噩，简直可以说是根本没在活着。想想看，不过是不再爱一个人，又爱上了另一个人而已……我这算什么人生悲剧……可怜的艾琳可是失去了四个孩子啊……”她尤其怜悯狄安娜，那个长着蓝眼睛和修长双腿的狄安娜如今本应十六岁了……

临近傍晚时，从莫斯科来了一帮人：有薇拉和她的第二任丈夫瓦连京（他的前妻是尼娜），还有尼娜和她的大儿子，是她跟瓦连京生的。此外，还有尼娜的两个小女儿，是她在第二段婚姻里生的。薇拉则带着两个孩子，小儿子是跟瓦连京生的，女儿不知道是跟谁生的，也就是说，是跟其他人都不认识的、她的第一任丈夫生的。总之，这是一个和睦的当代家庭。

性革命已然日薄西山，二婚原来比初婚还坚固，三婚就简直像真爱了……

多拉·苏列诺夫娜的小院子里满是各个年龄的孩子，左邻右舍都隔着栅栏看着多拉，羡慕她成功使自家的旺季比其他人早一个月开始，又晚两个月结束……这种事已经发生了好多年了。他们猜不到这都是艾琳的功劳：不管她去哪里，她身边都会立刻围上一大帮人，焰火般让人眼花缭乱：各式胸罩托着下垂的乳房，各式比基尼展示着肚脐和屁股，宛如五一劳动节的游行。这让克里米亚的女邻居们极为不满，很想将这些不知廉耻的荡妇们拒之门外，可贪心又不允许她们这么做。

多拉家提供的服务类似膳宿公寓，不是“bed and breakfast”[1]，

1 英语，意为：床和早餐。

而是包住宿和三餐。多拉的丈夫在一家以“党的十七大”命名的疗养院当司机，开大客车，去辛菲罗波尔接前来疗养的人，也采购食物。多拉负责给所有房客做饭，一个旺季里赚的钱足以打发地段民警和财务监督员，而不至于让自己破产。

头三天用来收拾住所。尼娜作为三个孩子的母亲，是个异常善于持家的人，她能在周围营造出家一般的舒适和富于女性气质的生活方式。等到所有窗帘都挂好了，所有花瓶都摆好了，所有擦脚垫也都拍打干净了，她便制订了日程表：每天由两位妈妈带孩子，另外两位早上采购完食物就可以休息了……

第四天早上，根据新的日程表，轮到热尼娅和薇拉休息。她们的计划如下：把瓦连京送到车站（他完成把两家人送来的任务后要返回莫斯科了），然后买牛奶（如果运气好能买到的话），再然后她们打算简单散散步，不带球、不带孩子，也没有尖叫声和哭喊声……一切都按计划进行：她们送走了瓦连京，因为缺货没买到牛奶，沿着公路向小丘方向走去，那里飘来青草的气味和泥土的甜香，还有开满了花的柽柳，像一片片粉红和浅紫的云。

她们已经从公路上拐出去了，尽管是沿着小路向上走，走得却很轻松自在。她们彼此之间甚至没有刻意讲话，只是偶尔交换必要的只言片语……

后来，她们走到几株槐树下，坐到稀疏的树叶投下的淡淡阴凉里开始抽烟。

“你很早就认识艾琳了吗？”热尼娅问。尽管已经过去了好几天，可她还是无法忘怀这个棕红色头发的英国女子多舛的命运，这样的命运让安娜·卡列尼娜老派的自杀黯然失色，变成了爱吵闹的地主婆的任性脾气：爱啦，不爱啦，瞧不起这个啦，亲吻那个啦……

“我们是在一个院子里长大的。她比我高一个年级。大人们不许我跟她好，因为她是我们那儿的女流氓。”薇拉笑起来，“可她很吸引我。她对所有人都有吸引力。她家屋里经常杵着半个院子的人。苏珊·雅科夫列夫娜在中风发作之前也是个迷人的阿姨。我们叫她‘小檗’，因为她总是请孩子们吃‘小檗’牌硬糖……”

“艾琳的命运真是像噩梦一样啊……”热尼娅叹了口气。

“你是说她父亲吗？是当间谍的事儿？你指的是什么？”薇拉有些惊讶。

“不不，我是说她的孩子们。”

“什么孩子们啊，热尼娅？”薇拉更惊讶了。

“狄安娜和那对双胞胎……”

“什么狄安娜？你在说什么？”

“我是说艾琳的孩子们……她失去的孩子们。”热尼娅解释说，心里有种不祥的预感。

“呃，再详细一点。她失去的什么孩子？”薇拉挑了挑眉。

“她的第一个孩子大卫，出生时死于脐带绕颈，然后是狄安娜，死时一岁多，又过了几年，她的作曲家丈夫和双胞胎亚历山大、雅科夫死于一场车祸……”热尼娅列举着。

“……这他妈的……”薇拉惊愕不已，“她什么时候还遇到过这些事儿？”

“怎么，你不知道吗？”热尼娅惊讶地问，“大卫是她十八岁时生的，狄安娜是她十九岁时生的，然后过了大概三年生的双胞胎……”

薇拉把抽着的烟按灭，点燃一支新的——烟受了潮，很难点着。她费劲地忙活时，热尼娅猛地摇了摇一盒新香烟，但什么也没从盒子里抖出来。

薇拉沉默着，吸着苦涩的烟雾。随后，她说：

“听着，热尼娅，我要让你难过了，或者说让你开心。是这样的，十年前，也就是1968年，我们印刷工胡同那栋楼的住户被分别迁出，那时候艾琳是二十五岁。在那之前她已经有了一大群情人，流产也流过大概得有几十次，而且从来没有生过什么孩子——我发誓！连影儿都没有。也没有什么丈夫。唐纳德就是她的第一个孩子。她从没嫁过人，尽管她的情人们都非常有名，甚至连维索茨基[1]跟她都有段风流韵事……”

“那狄安娜呢？”热尼娅呆呆地问，“那狄安娜呢？”

薇拉耸耸肩：

---

1 弗拉基米尔·维索茨基（1938—1980），苏联著名诗人、戏剧演员和音乐家。

“我们住在同一个单元里好多年。要是她有孩子，你觉得我会注意不到吗？”

“那她头上那道车祸造成的伤疤呢？”热尼娅抓着薇拉的肩膀摇晃，而薇拉只是懒洋洋地闪躲。

“什么伤疤呀，什么车祸造成的伤疤呀？那是在滑冰场上受的伤。科季克·克罗托夫有一双‘刀片鞋’，就是那种速滑冰鞋。有一次艾琳摔倒了，他的冰鞋直接从她头上划了过去。出了好多血……他倒确实差点把她害死。她的头上缝了针……”

热尼娅先是哭了起来，随后开始疯了一样哈哈大笑，接着又嚎啕大哭。后来她们把随身带着的两包烟都抽完了。最后，热尼娅终于意识到，她还从来没有跟萨什卡分开过这么长时间……她们连忙回家。热尼娅跟薇拉讲述了艾琳的全部故事——杜撰的那个。薇拉则给她讲了对应的故事——真实的那个。两个故事在最为离奇的地方相吻合——那个有着爱尔兰和英国血统、当过间谍头目、被判处死刑后又被交换过来的共产主义者……

等她们回到家，热尼娅觉得自己像是被掏空了一样。孩子们已经吃过晚饭了，规规矩矩地在大桌子旁玩着儿童版的罗托游戏[1]，游戏里用大头菜、胡萝卜和连指手套代替数字。萨什卡紧紧攥住罗托牌，朝母亲挥了挥手，说：“万岁！我的是兔子！”

1　一种抽奖游戏，从一个布袋中抽出带数字的筹码，与谁纸板上的数字相同，便摆在谁的纸板上，先摆满者为胜。也可用图画代替数字。

然后便用一张小画盖住了自己的兔子。他普通得不能再普通了，根本不是迟钝的、有病的或是特别神经质的……

其他人坐在艾琳的凉台上，喝着雪利酒。苏西面带怡然自得的神情从酒杯里小口啜饮着。薇拉走上凉台，与其他人坐到一起……

热尼娅回了自己房间。凉台上有人叫她，可她在房间里应了一声，说自己头疼。她躺到床上。头恰巧并不疼，但她得做点儿什么，就像进行某种手术，术后就又可以喝酒、跟友人们闲聊、和其他留在莫斯科的更有教养更聪慧的女友们交往了……

孩子们玩完罗托了。热尼娅给萨什卡擦了擦腿，让他睡下，熄了灯。一位女友压低了嗓子呼唤她，但声音还是大得像喊叫：

“热尼娅！来吃馅饼啊！”

“萨什卡还没睡呢。我晚一会儿再去。”热尼娅回答，声音同样不自然。

她躺在一片昏暗中，探究自己心灵上受到的伤害。伤害是双重的：一重源于对孩子们，特别是对狄安娜白白付出的同情，他们根本不存在，是以天才的手法虚构出来的，又被毫无人道地杀死了。那种疼痛就像被截肢的腿一样，根本不存在，是一种幻痛。更糟糕的是它从来就没存在过。另一重则是为自己感到委屈，觉得自己是只愚蠢的兔子，被人拿来进行毫无意义的实验。或者也许有点儿意义，但让人难以理解……

又有人轻轻敲了几下窗子，叫她的名字。但热尼娅没有回应——她无法想象，艾琳要是一下子就猜到事情暴露了，会是什么表情……也想象不出她的嗓音……还有，对于这件可耻的事，面对艾琳的无地自容，她自己又会是多么羞愧难当……热尼娅没睡，一直躺着，直到凉台上的灯灭了才起身点亮小壁灯，把各种东西胡乱地一股脑儿丢进行李箱——干净的和脏的衣服、玩具和书籍都包括在内。只有萨什卡的胶鞋她还想得到用脏毛巾裹了起来。

清晨，热尼娅和萨什卡拖着行李箱离开了这所房子。他们来到公交车站，而热尼娅完全不知道接下来要去哪儿。大概去莫斯科吧。但站台上只停着唯一一辆公交车，老得几乎像是战前制造的，上面印着“新世界”字样。于是他们坐了上去，两个小时后就到了一个完全不同的地方。

他们在海边租了个房间，在那里又住了三周。萨什卡表现得很完美：让热尼娅和医生们无比担心的歇斯底里完全没有发作过。他沿着水边光脚走路，在浅水区跑来跑去，用光脚丫踩水玩，而且吃得好，睡得香。看来，他也迈过了某条标志着又一次成熟的分界线，正如热尼娅一样。

在“新世界”感觉简直好极了。紫藤还在盛开，群山就在身侧，房屋后面陡立着一条石头斜坡，沿着它走两个小时就能登顶。山顶的建筑建成日本式样，呈规整的圆形，从那里能看到一个浅浅的海湾，还有刻着古希腊名字的海边岩石，它们自创世以来就耸立在水中。

但她的心有时候还是会突然剧痛起来：艾琳啊！为什么她要把孩子们都杀了呢？特别是狄安娜……

尤拉哥哥

傍晚开始刮起了低低的微风，卷起婆娘们的裙摆，让双腿变得冰凉。快到早上时下起了雨。卖牛奶的塔拉索夫娜拿来一罐三升的晨奶，对热尼娅说，这雨要连着下四十天，因为今天是桑普松日[1]。热尼娅不相信，但还是颇为忐忑：万一是真的呢？从夏天伊始，她就跟四个孩子待在农村，其中两个是她自己的萨什卡和格里什卡，另两个是顺道捎来的，是关系好的亲戚家的孩子，分别是她的教子[2]别奇卡以及女友的儿子季莫沙。四个男孩小的八岁，大的十二岁，组成一支小队。热尼娅知道如何跟男孩子们打交道，他们的本性让人一目了然，他们的游戏、

1 指圣徒桑普松的瞻礼日，即俄历的6月27日。济道者桑普松（希腊语 Σαμψὼν ὁ φιλόξενος, Sampsón ho philóxenos）生活在四世纪末的君士坦丁堡，是牧师兼医生，乐于庇护穷人，后被东正教奉为圣徒。民间传说，如果桑普松日下雨，整个夏天都会是潮湿的。

2 在基督教的洗礼仪式中，为受洗者扮演作保的男性为教父，女性为教母。婴儿或儿童受洗后，教父母会教导受洗者（即教子女）在宗教上的知识，而如果教子女的双亲死亡，教父母有责任照顾教子女。

争执和打闹也是可预测的。

雨确实下得连绵不绝——会不会下四十天暂时还不清楚，但乌云遮住了整片天空，雨滴不停地往下掉。下雨之前的一周，别墅的女房东把自己十岁的小女儿娜奇卡送来了，她本来是要去南方参加夏令营的，可营地着火烧掉了……

小女孩娜奇卡的肤色黝黑中透着粉红，让热尼娅颇为惊异。这种美不知是吉卜赛式的，还是印度式的，但多半是俄罗斯南部的。奇怪的是，那头肥头大耳的粗野母熊怎么会有如此优雅美丽的后代。母亲和女儿只有一处相像——她们都肌肉强健、身材丰满，不是那种病态的肥胖，而是正好像农村里常说的那种"肉墩墩"……

当天气尚好的时候，娜奇卡的存在完全没有影响到已经安排好的生活秩序。男孩子们正在涅菲多沃村的森林边盖第三座临时小屋。他们每天早上去林子里，按印第安人的规矩，完全依照欧内斯特·汤普森·西顿[1]书里插图示意的那样编织、砍伐和捆扎。娜奇卡本来提了一嘴她是不是要跟着一起去，但遭到了无声而坚决的拒绝。她倒没特别难过，虽然还是设法让他们知道了自己的斤两：

"我的哥哥尤拉去年在一棵树上盖了个临时小屋呢。不过他十四岁了……"

1　欧内斯特·汤普森·西顿（1860—1946），苏格兰裔加拿大作家，野生动物艺术家，丛林印第安人计划创始人和美国童军的创始先锋之一。

虽然她不是当地人，可也不算是来别墅避暑的人——房子是祖传的，属于一位过世的亲戚。那人是个莫斯科人，跟娜奇卡的母亲一样，也姓马洛费耶娃。娜奇卡认识当地所有人，不论大人小孩。她每天一大早就出去挨家挨户串门，然后准时回来吃午饭，饭后不用热尼娅吩咐就把脏碗碟全都洗一遍，活儿干得好极了，又麻利又干净。随后她又出门去串门，直到晚饭前回来。

到了第三天才水落石出，原来房子里的男住户们终究还是对娜奇卡感兴趣的，尽管他们表现得不屑一顾。可她呢，不知是生了他们的气，还是对村子里之前结交的闺蜜们着了迷（她们在将近一年的时间里被她抛在一旁），倒是再也没有跟在他们后面缠着要去什么地方了。只有一次，她跟大家一起去了生物学研究站。是热尼娅带他们去的，前去拜访她的一位大学校友。对方是个怪人，已经在涅菲多沃森林深处住了大约十年了，一直在观察鸟儿和其他动物，这些动物要么被他心爱的鸟儿吃掉，要么吃掉他心爱的鸟儿。他把一切都登记在册，一丝不苟、极其详尽地描绘自然和天气状况。一群青年博物学家也住在他那里。他们是些高年级学生，也是自然爱好者，有的照料啄木鸟，有的观察蚂蚁，有的研究蚯蚓——每人都有独特的兴趣点，所有人都记研究日志。热尼娅之所以租下这座别墅消夏，就是为了让儿子们多接触博物学家，而她自己就可以躺在吊床上，读读小书，思考一下自己失败的个人生活了。

可这种情况根本没发生——萨什卡和格里什卡没有被生物界本真的样子迷住，倒是爱上了乡间的消遣：在浅浅的小溪里游泳啦，骑自行车游玩啦，走路去远处的特里丰诺夫池塘钓鱼啦。他们关心的只是鱼的数量和重量，而绝非鱼的种属和寄生在鱼内脏里的蠕虫。等到别奇卡和季莫沙被送来后，他们更是开始搞起修建临时小屋这种大动作……

在去生物学研究站的路上，娜奇卡不停地叽叽喳喳，但热尼娅没有特别留意她在跟男孩子们讲什么。娜奇卡对林子很熟悉，她让大家从路上拐出去二十米，向他们展示一个自战争年代以来尚未完全消失在灌木丛中的废弃避弹所……这里发生过战斗，当地的村庄在德国人的统治下生活过两个月，见证者有很多还在世。

“卡佳·特鲁法诺娃阿姨还给一个德国人生了个孩子呢。”娜奇卡宣称，她正准备讲讲那些全村都知道的细节，可热尼娅把谈话引向了另一个方向，也跟生物界相关，不过是植物学方面的——她指了指一株浑身长满木耳的老白桦树，命令大家把木耳小心地割下来，因为看起来这是一种能治病的桦木菌。娜奇卡表现得很机灵，明白热尼娅不是随随便便打断谈话的，当孩子们用小折刀割着石头般坚硬的木耳时，她还是坚持小声跟热尼娅把故事讲完了，讲了卡佳阿姨、租她家房子的那个德国鬼子和因这次住宿而降临人世的科斯佳·特鲁法诺夫……

热尼娅听着，为男孩和女孩能有多么不同而感到惊异。热尼娅的家庭里总是男性占绝对多数，她的妈妈有几个兄弟，她自己有个弟弟，下一代也全是男孩，没有人生女孩……而且，上帝保佑，也不需要……要是这个搬弄是非的下流小姑娘是她的女儿，嗨，热尼娅会立刻狠狠给她的后脑勺来一下……

“……他在部队服完役后，就再也没回家。卡佳阿姨说，他不回来是对的。这里到处都取笑他，叫他‘德国鬼子’，可他是个很好的人，比我们这儿这些乡下人都聪明……我的哥哥尤拉就从来不取笑任何人，因为强大又聪明的人干吗要去取笑别人呢？是不是？取笑别人的人自己就比所有人都差劲……”

说到这里，娜奇卡的眼睛闪烁着幽幽的、聪慧的光芒，声音里和嘴角上流露出真挚的同情，比画出的手势不是那种农村式的，而是有种西班牙式的高傲。热尼娅的恼怒平息了，她笑了起来：

“当然是啦，取笑别人的人比所有人都差劲……”

这小女孩还是挺可爱的。她沿着轧坏了的小路灵巧地走着，轻盈地从车辙的一边跳到另一边，穿着一双小巧精致的便鞋，平稳轻快地向前移动。便鞋虽然已经被穿坏了，但十分华美，款式不是小孩应该穿的。她还是个小孩子呢，连两只小手上的绷带都是婴儿式的，身体也圆乎乎的，像赛璐珞洋娃娃，却像芭蕾舞演员那样跳跃着。

“我还可以带你们看圣泉，不过到基里亚科沃要走上两个小时。”娜奇卡提议。她深深思索着，鼻梁上冒出一道横纹：还有什么类似的能给大家看呢？她想了起来：

“在那边，穿过铁路和林间通道，有一座隐修院，以前有人指给我看过……还有一个熊用来过冬的窝，这儿有熊……”她忽然老实地打住话头：“……以前这儿有很多熊……我没见过，可我的哥哥尤拉是见过的。不过那是很久以前了……”

随后娜奇卡就跑到了男孩子们那里，热尼娅一路上都能听到她那响亮的嗓音和好笑的语调，洋溢着新发现带来的欣喜和女孩子独有的优越感。热尼娅凝神细听后心下了然，他们之间根本就没有在对话：娜奇卡是想到什么说什么，男孩子们则像是在讲自己的事，说什么要是能在站里借到钓钩、打听到这里的动物学家在哪儿钓鱼就好啦……但不时会有萨什卡或是季莫沙无意间跳到娜奇卡那边问：

“娜奇卡，你说的是在哪里？”

“娜奇卡，是谁说的？”

于是热尼娅便猜到，这个儿童小团体中也发生着世界上到处（包括她自己的生活中）都在发生的事——谁已经在爱着谁啦，不爱谁啦，瞧不起谁啦，亲吻谁啦……

还没过去一星期，热尼娅就发现，当头头的已经不是年纪最大又聪明理智的萨什卡了，而是爱笑的话匣子娜奇卡。这一发现正巧跟预言中的雨赶在同一天。如今大家都不想出门了，林子里还没盖好的临时小屋被雨浇透了，失去了吸引力。孩子们困坐家中，期待能等到雨停的时刻。从早上开始，他们就想要用那个至今还没用过的大炉子生火——之前一直是凑合用厨房里的小炉灶，没电的时候就用煤气罐。原来娜奇卡很会用大炉子生火，热尼娅自己刚来别墅时都没能做到。而娜奇卡则把通风管擦干净，把风门一会儿打开，一会儿关上，造出一种之前没有过的抽力。终于，在几番尝试后，一丛小小的桦树皮篝火燃了起来，这是她根据乡村生活艺术的全部法则创造出来的。他们从篝火起步，以桦树皮为中心，把木屑堆成小木屋，并逐渐累加，直到将最大的那块劈柴放到灶膛正中间……之后他们吃了一顿漫长的午餐，还有果子冻和饼干当甜点。饭后娜奇卡收拾了餐具，送到夏天专用的小厨房，对热尼娅说：

“咱们先这么放着，行吗？我晚饭后一块儿洗……”

热尼娅同意了——她也无心在油腻的水池里奋力洗刷餐具，很乐意在那间只放得下折叠床和床头小书柜的小屋里独自待着。她躺下，略微想了想自己不如意的个人生活是如何又一次崩塌的，就把这个烦扰了自己十年的念头赶走了，拿了一本深奥的书在手里。那书她不太啃得动，却莫名觉得需要读……她戴上眼镜，备好一根用来在页边空白处打问号的细铅笔——然后便在一种美妙而层次丰富的音乐中慢慢地睡着了，这种音乐总是下雨时在农村的房子奏起：那是雨滴落到树叶上的簌簌声，是雨水敲打窗子玻璃的笃笃声，是风的每次细微变化带来的阵阵柔和声浪，是雨点打在大圆桶里幽暗水面上的吧嗒声，以及沿着排水管流下的道道水流声。还有那最危险的声音——

起初响亮、后来低沉，是雨滴打在阁楼漏雨屋顶下的水盆里的声音……

热尼娅醒来时，孩子们正坐在桌旁大张着五指玩牌。最小的孩子格里什卡容光焕发——终于带他玩儿了！他们玩的是“讲故事”版的抽傻瓜游戏，这是娜奇卡想出来的玩法。输了的人要讲一个故事，至于故事是好笑的、吓人的还是有趣的，依大家的要求而定。娜奇卡胡诌了一个离奇的故事，一点儿也不像是真的：她说，去年夏天她在西班牙拍电影时，人家给她一匹马，那马之前在斗牛比赛上表演过，但后来得了神经紊乱症，就被转送到电影制片厂了……接下来她讲了自己跟马之间的事儿，还有跟马厩的养马人和他女儿之间的事儿，他女儿还是个年轻的马戏团骑手呢……这个叫露西塔的女子甚至想把娜奇卡带去参加巡演，因为娜奇卡在俄罗斯最好的马术学校学习，还是莫斯科的冠军，也不知是马术运动总冠军，还是这种贵族运动的某个单独项目的冠军……

热尼娅想要阻止这个信口胡吹的小姑娘，但首先，她原则上是不管教别人家孩子的，觉得孩子该由父母来管教，而不是外人。其次，娜奇卡的谎扯得蛮有趣，不知怎么还挺别出心裁，所以热尼娅只是从角落里发问：

“娜奇卡，你是怎么跑到西班牙去的？我没听清楚。”

“哦，我在一所西班牙人办的学校上学，冬天时有几个西班牙人来我们学校，选了三个小姑娘参加访学项目。我们起初以为是骗人的，后来发现不是骗人，而是真的……我就去了。”

后来他们晚饭吃了三明治和酸牛奶。娜奇卡没有忘记自己的承诺，她套上她妈妈的一件大外套，穿上一双橡胶靴，就去夏天专用的厨房里洗餐具去了……

拂晓前，雨渐渐由大变小了，可这让人绝望：就像急性病转成了长期无法根治的慢性病一样。这场连绵不绝的雨看样子真的要按宗教礼仪一直下四十天了，也就是最近要永远不停歇地下了。应该学会如何在雨天过日子，于是热尼娅克服倦怠，命令大家根据天气穿合适的衣服，还得去车站买面包。

不知是被利他主义驱使，还是出于理性思考，娜奇卡马上就提出要一个人去：干吗要让大家都淋雨呢？可其他孩子也都马上叫着“我也要去！”于是问题解决了——一帮人一起去。不知怎么的，热尼娅把钱给了娜奇卡，而把包给了萨什卡……他们快到午饭时才回来，浑身湿透，情绪亢奋。娜奇卡排队买面包时从一个当地老太太那里听说，邻村发生了凶杀案。大家一路上都在讨论这个。热尼娅正在摆放餐桌，也断断续续地听到了娜奇卡新鲜出炉的高论——这回是关于罪犯心理的。娜奇卡认为，如果在案发现场设下埋伏，就像那些观察小鸟、计算山雀飞回来多少次给雏鸟们喂蚯蚓的博物学家一样，就能马上抓住罪犯——因为罪犯总是会回到案发现场的。接下来就是她平白添上的新故事，讲她三年前如何用这种方法抓到了一个杀人犯。热尼娅在隔壁屋没能听清细节，但还是捕捉到了只言片语。

故事里提到了嫌疑人画像，一个穿深色夹克、戴羊羔皮护耳帽的男子，还有她因协助抓捕罪犯而获得的一枚奖章。

“真让人吃惊，”热尼娅思索着，“男孩子们也会说谎，但总是很务实：为了不受惩罚啦，为了掩饰自己做了明摆着不让做的事啦……”说实话，娜奇卡可真是个人才。她总能想出大家可以一起做的事——她经常从阁楼里找出哥哥尤拉的一些旧玩具，有一回找到的是自制的当地地图，于是大家花了一天半的时间坐着努力临摹，以便雨一停就能去考察那些被尤拉描绘得如此迷人的地方。随后三天里，他们都在玩娜奇卡想出的“星球”游戏：每个人都要想象出一个星球及其居民和历史。热尼娅惊讶于这个小撒谎精的天分。当热尼娅偶然称赞了她一句时，她像动画片里的小玩具那样微微笑了笑，开心地说：

“这是我哥哥尤拉想出来的！”

太空游戏玩到大约第四天，爆发了战争：“季莫费[1]”星球向“煤油炉”星球宣战了，后者是别奇卡想象出来并归他所有的。萨什卡和格里什卡两兄弟暂时保持中立，可“尤拉娜”星球（名字源于娜奇卡的哥哥尤拉和她自己）倾向于和“煤油炉”星球合作，这就让热尼娅儿子们高尚的中立变得可疑起来。

热尼娅听到大房间里传来的断断续续的讨论声，是关于飞行器、火箭、星际飞船和其他玩意儿的。她本来也没仔细听，

1 季莫沙的大名。

直到猛然听到娜奇卡的声音在一片突然降临的寂静中说道：

“这个飞碟，人称不明飞行物，它飞到我家菜园跟前，在空中悬停着，低极了，机腹还放出三道光来。光线在地上汇合，地面直接就熔化了。我马上喊我妈妈，她急忙跑出来，可他们这时刚好把光线收了回去，飞到那片林子后面去了……这是前年夏天的事儿，那个地方到现在还不长草呢……”

热尼娅突然怒不可遏：谎言就算没有恶意，也终究是毒药。还是得跟她母亲好好谈谈，这都成某种病态了——明明是这么可爱的小姑娘，怎么老是说瞎话呢？是不是该带她去看看心理医生？

娜奇卡的妈妈，也就是女房东，在周六日的时候会来，热尼娅决心一定要跟她谈一谈……

周五早上，雨忽然停了，然后刮起了大风，一直刮到傍晚，吹散了天上的云彩，露出了灰蓝色的澄净天空和行将消逝的晚霞余晖。卖牛奶的塔拉索夫娜通常在村口的栅栏旁迎接归来的牧群。她牵着自家的小羊诺奇卡沿着乡村街道走着，在热尼娅住的房子前停下，对她说：

“行了，都下完了，现在开始有点儿放晴啦……”

“可您说过要下四十天呢。”爱较真的热尼娅提醒她。

“谁还数这个啊……现在雨都不是按时下的……从来不按……明天买三升奶吗？还是要多少？”

热尼娅想到明天女房东可能会来，便让塔拉索夫娜给自己留五升奶。

转天早上，娜奇卡把大家都带去接娜奇卡的母亲，十点就都到了公交站。女房东安娜·尼基季什娜面红耳赤、满头大汗，带着两个巨大的包，快到午饭时才来。萨什卡和季莫沙一人一边，拎着一个塞得圆鼓鼓的包，另一个包本来由别奇卡和格里什卡拿，可他们拎不动，便由安娜·尼基季什娜和娜奇卡负责，也是一人拎一边……

安娜·尼基季什娜性格开朗大方，过去也是本地人。她已经在莫斯科工作很久了，那是外交使团管理局的一个美差。她负责在打扫、洗衣和做饭方面照管和服务高级外交人员。她手下有上百个妇女，工作油水很丰厚，责任也很重大：在那儿犯错是不会被原谅的。但她是个聪明人，很有手段，在上面也有人护着她。热尼娅不知道这些内情，所以当女房东打开自己的包，把整个桌子摆满不像是地球上会有的食物时，热尼娅诧异不已。格里什卡脱口而出：

“这是太空食品吧，对吗？”

没错，饮料也是。铁罐子和小瓶子里盛着橘红色的粉末，用水简单一冲就能变成橙子汽水……

“这是给孩子们的，给你的孩子们的小礼物……热尼娅，你可真是帮了我的大忙。不然娜奇卡现在就得待在莫斯科无事可干，在这里至少能在户外活动活动……我跟尼古拉谈过了，决定不收你八月的房租了。既然你把娜奇卡留在身边，我们就也得表示表示……你明白我的意思吧？”安娜·尼基季什娜眨眨眼睛，热尼娅又吃了一惊，这回惊讶的是，娜奇卡这个如画一般的小美人儿竟跟她那母熊一般的母亲如此相像，那窄窄的额头，狭长的眼睛，线条分明的鼻子和合不拢的大嘴巴……

“我明白了，安娜·尼基季什娜。谢谢您的小礼物，他们真没见过这种东西……只是，关于房租……没必要，真的……您看我这个夏天过的，另外两个孩子也来了，所以多一个还是少一个，我全都无所谓。何况娜奇卡不是孩子，而是宝贝。她帮了不少忙……跟男孩子相比完全是两码事……您家小姑娘真棒极了……”此时热尼娅惊讶于这位淳朴大婶的开朗和慷慨，完全没想起娜奇卡的谎话。

孩子们很晚才上床睡觉——晚饭后他们坐了很久，品尝之前闻所未闻的各式袋装吃食，食物有甜有咸，还有坚果、橡皮糖，以及马林果味和橘子味的口香糖……后来他们洗脚刷牙，在新地方安顿了下来，因为要把大床让给安娜·尼基季什娜和娜奇卡睡，萨什卡则要换到之前娜奇卡睡觉的地方……

等到孩子们安静下来，安娜·尼基季什娜从夏天专用小厨房里取出一瓶伏特加、一罐三升的自制腌黄瓜和一小瓶松乳菇。她把这些都抱在胸前，脚步沉沉地踩着被雨水泡软的小路走回来。她们又在凉台上坐了很久，安娜·尼基季什娜给热尼娅讲了自己英雄般的一生，讲她如何凭一己之力既得到了地位，又得到了财富……她本可以得到更多，但她不想要，因为她深知一切都要付出代价，她得到的刚刚好，再多她也不需要了……

安娜·尼基季什娜喝了一瓶伏特加（减去三杯酒的量），吃掉了那罐三升的腌菜（除了一根小黄瓜以外）——原来那腌菜里除了黄瓜，还有小西葫芦和绿色的西红柿。她们分手时对彼此都很满意。

“这是个不错的女孩。”安娜·尼基季什娜暗自称道热尼娅。

“这大婶可真是个奇特的家伙。”热尼娅认定。

早上，安娜·尼基季什娜的冷淡让热尼娅感到诧异，而她没有猜到这是昨晚醉酒之后的轻微头痛造成的。女房东穿上橡胶靴去了菜园——去抢救那些在野草丛里荒芜了的残留的小水萝卜。娜奇卡跟在母亲后面——她寸步不离，总是往母亲怀里钻，像只小牛犊。

临近傍晚时，安娜·尼基季什娜开始收拾行装。她往包里装满菜园里摘的蔬菜和塔拉索夫娜送来的早熟的土豆，还捎上了地下室里去年做的腌菜。

“今年我们的收成算是完蛋了，”安娜·尼基季什娜跟热尼娅解释，“春天时发给我和尼古拉两张疗养证，所以我们就错过了播种。今年我们所有的地都算是撂荒了。”

随后大家都去公交站送别安娜·尼基季什娜。一趟六点钟的车没有来，只能等下一趟。孩子们在原木上坐烦了，跑去了岸边。热尼娅留下来跟女房东待在一起，小小地试探了一下：

“话说，娜奇卡是从学校里被送去过西班牙吗？”

“对，”安娜·尼基季什娜淡淡地答道，“我有时候跟尼古拉说，你干吗老打她呀，她学得很好，在家里也知道帮忙，可他不答应，说要教训她。也许他是对的——娜奇卡在班里是头一名。给一部西班牙电影选人的时候，全学校就只选了三个。在那边待了一个半月，机票啊、食宿啊，都是对方付钱。我们一个子儿也没花，他们还给我们钱呢。可尼古拉不许拿这个钱，他说别拿，不然以后洗不清。我们已经是外交使团管理局的人了，不是在工厂工作……”她用手指掏着后槽牙，嚼了嚼，又咂了咂嘴，“西班牙语是门不错的语言，古巴也说，拉丁美洲也说。挺有用的。我寻思着将来送她去上外语学院。”

“这样看来，”热尼娅心想，“西班牙的事儿就弄清楚了。”

“也许去上法学院呢？她不是有警察局发的奖章吗？”热尼娅再次试探。

“什么奖章呀，热尼娅！不过是那么说说而已！那是一种荣誉称号。她还小呢，被大人搞昏了脑袋——还什么奖章！这是她自己跟你说的？这个饶舌鬼！我们楼里发生了一起凶杀案，一个老太太被人用斧子砍死了。警方四处张贴嫌疑人画像，还把所有邻居都集合起来，指示说如果见到了长相相似的人就通知他们。我们的派出所就在院子里。我女儿看见一个戴着粗毛羊羔皮帽子的男的，就马上跑去报警，他立刻就被抓了。原来那人是老太太的侄子。警方本来就怀疑他，结果他倒自己送上门了，是娜奇卡根据嫌疑人画像认出来的。她眼尖得很……而且很幸运——她总是心想事成。”

“您的儿子也是这样吗？”

“什么儿子？”安娜·尼基季什娜很惊讶，“我们没有什么儿子啊。”

“怎么会呢？不是尤拉吗？她总是在讲自己的哥哥尤拉……”热尼娅比女房东还要惊讶。

安娜·尼基季什娜满脸通红，皱起了眉头。显而易见，她不愧是在外交使团管理局工作的：

“哎呀，这个讨厌鬼！她满院子乱讲，说自己有个哥哥……邻居们巴不得散布谣言，说我家尼古拉在外面有个儿子……就是这么回事儿！哎呀热尼娅，我可要给她点儿厉害瞧瞧！”

于是她高声喊道：

“娜奇卡！快过来！”

娜奇卡听到后马上就往这边跑，其他孩子跟在后面。他们朝着小丘飞奔，小路很滑，在漫长的雨季后还没有干透。能看到格里什卡摔倒了，把别奇卡也打翻在地，两人在潮湿的草地上挣扎着，而娜奇卡还在撒丫子飞奔……

正在此时，一辆公交车从转角处拐了过来，想要甩站不停车。可安娜·尼基季什娜挥了挥拳头，前门就开了，她拎着自己的几个包挤了进去，转过身朝热尼娅喊道：

“下周六我跟她爸爸一起来，她爸爸会好好收拾她的，这个讨厌鬼……还说谎……成说谎精了……”

跑来的娜奇卡看到开走的公交车后哭了起来——这是热尼娅两周以来第一次见到她掉眼泪：她没能跟妈妈告别。娜奇卡还不知道接下来等待自己的是什么……

热尼娅忍不住想笑。她抱住娜奇卡：

“别嚎啦，我的好娜奇卡。你也看见了，今天的公交车根本就不准点——那一趟根本就没来，这一趟又来早了……”

现在热尼娅感兴趣的只有唯一一个问题，准确地讲是唯一一个答案：菜园后面到底有没有娜奇卡说的那块不长草的地方。

“我们走吧，你给我看看，你们菜园里哪个地方被光线灼烧过……”

“当然了，我指给你看。”娜奇卡拉起热尼娅的手。她的手软软的，胖乎乎的，摸起来手感很好。她们回到家，没去凉台，而是穿过房子来到后面。那里菜园已经跟田野连成一片，因为栅栏冬天时倒掉了，尼古拉忙于疗养的事也没来得及把它重新立起来。

起初，热尼娅以为那不过是一个带普通铸铁盖子的排水口，随后她才醒悟，这片平坦的地面大小是排水口的两倍。仔细端详后，她发现那里没有任何接缝：中间部分倒很像是铸铁，甚至还微微闪着光，周围部分逐渐变亮。从这块被火燎过的土地的边缘起，长出了细弱苍白、稀稀疏疏的小草，随后野草茂密起来，逐渐变成早就该被割掉的野生灌木丛……热尼娅跺了跺自己穿着橡胶靴的脚——唔，也许那不是铸铁，而是沥青……

然后她坐到了野草围成的圈子中间，让娜奇卡再讲一遍事情经过。娜奇卡兴致勃勃地把自己的故事又讲了一遍，还指出飞碟是从哪里出现、在哪里转弯，怎么悬停在空中，又是飞去了哪边……

“光线就刚巧是在这块不长草的地方汇合的……”

娜奇卡那张绝美的小脸容光焕发，她兴高采烈，散发着神圣的真理的光辉……热尼娅沉默了一会儿，把娜奇卡拥入怀中，稍稍俯下身子，在她耳边悄悄问，这样男孩子们就听不到了：

“那你哥哥尤拉的事，你是撒谎了吗？”

娜奇卡褐色的眼睛呆住了，仿佛蒙上了一层薄膜。她颤抖着把几乎所有的指尖都塞入微微张开的嘴里，开始细细地啃咬起来。热尼娅吓了一跳：

“娜奇卡，怎么回事？你怎么了？”

娜奇卡把她的脸和整个柔软又结实的身子都靠在热尼娅瘦削的身上。

热尼娅抚摸着她那浓密的褐色头发，她那丝绸般的粗辫子，以及她那光滑的、在粗陋外套下颤抖的后背。

“哎呀小姑娘，娜奇卡，你怎么了啊？”

娜奇卡挣脱了热尼娅，用憎恨的目光狠狠地瞪了她一眼：

“他是存在的！他是存在的！”

然后她便痛苦地哭了起来。热尼娅站在被飞碟的光线灼烧过的铸铁上，一头雾水。

结　局

十二月中旬了。年终岁末。精疲力竭。天色晦暗而多风。日子过得也不顺——一切都在糟糕的节点止步不前，仿佛车轮陷在坑里空转。脑海中萦绕着两句诗："我在人生旅程的半途醒转，发觉置身于一个幽暗的树林里面……"[1]暮色一片昏暗，没有一丝光明。可耻啊，热尼娅，真可耻……小房间里睡着两个男孩子，萨什卡和格里什卡，是她的儿子们。这儿是张桌子——上面放着要完成的工作。坐下吧，拿笔写吧。这儿是面镜子——里面映着一个三十五岁的女人，大大的眼睛，外眼角微微下垂，胸部丰满，也微微下垂，双腿优美，脚踝纤细。她把丈夫赶出了家门，而他并非世界上最糟糕的丈夫，况且也不是第一任，而是第二任了……大镜子里还映照出一套小而精致的住宅的一角，房子位于莫斯科的最佳地段之一，在厨师街的

1 该诗为但丁的《神曲·地狱篇》首句。

一个院落里，半圆形的窗子朝向房前小花园。后来他们当然是会被迁出去的，但当时，在80年代中期，他们还活得像个人样……

热尼娅的家庭也很好。那是一个大家族，有很多叔叔阿姨、堂表兄弟，清一色都是受过高等教育、受人尊敬的人：当医生的医术精湛，当学者的前程远大，当艺术家的则正受追捧。自然，没有格拉祖诺夫[1]那么红，但也是有多家出版社约稿的格拉费卡艺术家[2]，几乎算得上最优秀的之一了，在他们那一行里相当被人看重。接下来说的就是他的事。

除了堂表亲戚，还有成长起来的新一代人数众多的外甥和外甥女们：卡佳、玛莎、达莎、萨沙、米沙、格里沙。其中有一个叫丽亚丽亚的，十三岁了，胸部已经开始发育，青春痘却还没消，鼻子也太长，这可就是永久的了。没错，将来可以做整容手术来修正，但那是将来的事了。她的腿也很长，是一双好腿，但还没人注意到这一点。可她的激情现在已经在澎湃了。这小姑娘正在跟一位当画家的表叔开展一段疯狂的恋情。有一次，长鼻子的丽亚丽亚来亲戚家找表姐妹达莎，结果迷上了她的老爸。他当时正在家里最远的那间屋子里画画。那些画可真迷人——笼子里的小鸟啦，一些诗歌里的场景啦……他是位画插图的画家，一头波浪般的、长长的黑发直到肩头。他身着蓝色

1　伊利亚·格拉祖诺夫（1930—2017），苏联和俄罗斯画家、教育家和舞台设计师。
2　从事素描、版画、水粉画等的造型艺术家。

的夹克，里面套着红蓝格子衬衫。衬衫配的领巾是小碎花的，小到像是逗号一样，就是那种小碎花。甚至都不算是小碎花或是逗号，更像是小黄瓜，只不过特别特别小……她就这么爱上了。

丽亚丽亚总来找年长的姨妈热尼娅，而热尼娅在这个十二月里完全顾不上她。但热尼娅是这位画家的妹妹，不是亲妹妹，而是表妹。丽亚丽亚向她坦白了自己的爱情，把整个故事一五一十地讲了出来：她来找达莎，他则坐在最远的房间里画着小鸟，领巾上有着小黄瓜的图案。后来她再来（这回达莎不在），在他的房间里坐着，他画画，她则静静地坐着，一言不发。

每逢周二和周四，艺术家的妻子米拉从早上八点开始接待病人。每周一三五则在晚间接待。她是位妇科大夫。达莎每天上学，坐车去和平大街的法国学校，7点25分从家里出发。周二和周四（但不是每周，而是一周在周二，下一周在周四）的时候，丽亚丽亚8点30分去那间最远的房间。一周她逃掉一节历史课和一节英语课，下一周逃掉两节文学课。没错，她才十三岁，那怎么办呢？这事又能怎么办呢？如果爱得无比疯狂的话……他为她神魂颠倒，给她宽衣解带时手都会发抖……太震撼了。这是她这辈子第一个男人，而且她坚信不会再有第二个了……会不会怀孕？不，我不怕。就是说，我没特意想过这个。不过可以吃避孕药啊……你能不能给米拉打个电话，让她给开点药——就说是给你开的？……

热尼娅气坏了。丽亚丽亚跟萨什卡同龄，都是十三岁，可她是女孩子。原来女孩子的年纪完全是另一种尺度。萨什卡满脑子想的是天文学，读很多热尼娅连目录都看不懂的书。可丽亚丽亚这个小傻瓜却谈起了恋爱，还挑了热尼娅作为倾诉心声和秘密的知己。这个秘密可真不错：一个四十岁的正派人跟年幼的外甥女兼自己女儿的闺蜜搞在一起，还是在自己家里，而他亲爱的妻子正在离家三个街区的莫尔恰诺夫卡街进行妇科接诊，而且，严格来讲，她花一分钟就能跑回家喝个茶之类的……而丽亚丽亚的父母呢？她的母亲施特拉跟热尼娅是表姐妹，是个大屁股女人，她怎么想呢？她觉得自己女儿是晃着破旧的小皮包去上学了吗？还有她老爸康斯坦丁·米哈伊洛维奇，是个疯子一样的数学家，他又怎么想？已故的埃玛姑妈（热尼娅父亲的亲姐妹）要是活着又会对这件事怎么想？光是想象一下都觉得可怕……

丽亚丽亚总是逃掉早上的课。有时当萨什卡和格里什卡在学校时，她会来找热尼娅喝咖啡。要么是那位画家在忙着，要么就是她纯粹没心情坐在课桌后面上课。把这小姑娘赶走是不可能的——万一她想不开从窗子跳出去怎么办？热尼娅只好老老实实地听她讲，然后陷入绝望。她自己的难题都还不少呢：把自己的丈夫赶出了家门，因为她爱上了一位完全没有可能的人物……那人堪称一位真正的演员，虽说他其实是导演。他来自一个美丽的、几乎算得上是异国的城市，每天都打电话来，恳求她过去。可这儿还有丽亚丽亚……

热尼娅感到绝望。

“丽亚丽亚，亲爱的，这种关系必须马上结束。你疯了！”

“可为什么呢，热尼娅？我疯狂地爱着他。他也爱我。”

热尼娅相信这一点——因为丽亚丽亚最近比从前好看多了。她有一双美丽的大眼睛，眼眸是灰色的，睫毛涂成黑黑的。鼻子虽长，却很细小，是优雅的鹰钩鼻。她的皮肤也好多了。脖子则令人惊异，是一种罕见的美：脖颈纤细，而且越往上越细，她的头就优美地安放在这根柔软的细茎上……嘻！

“丽亚丽亚，亲爱的，可即便你不为自己考虑，也得为他想想啊：你知道这事如果传开了会发生什么吗？马上就会抓他去坐牢！你难道就不可怜他吗？八年时间关在牢里！”

“不，热尼娅，不是的。不会有人让他坐牢的。如果米拉猜到了，她会把他赶出去，这倒是真的。她还会把他扒掉一层皮，也就是榨干他的钱，因为她特别贪财。而他又挣得很多。要是他坐了牢，就没法给她付赡养费了。不不，她不会大闹一场，而是会背地里私了。”丽亚丽亚极为冷静而又精明地描绘着未来的图景，热尼娅明白，尽管她的话骇人听闻，却颇有道理：米拉确实爱财如命。

“那你的父母呢，他们就不会受影响吗？你想想看，要是他们知道了这件事，可怎么好？”热尼娅试图换个角度。

“他们最好是保持沉默。我老妈还跟瓦夏叔叔睡觉呢……”

热尼娅目瞪口呆。“怎么，你不知道吗？是我爸爸的兄弟，我的亲叔叔瓦夏。我妈妈这辈子都爱他爱得发疯。我唯一不明白的只有一点：她是在嫁给我爸爸之前爱上瓦夏叔叔的呢，还是之后……至于我爸爸，他应该全都无所谓，他根本就不算个男人。你明白我的意思吗？除了公式，他什么都不感兴趣……包括我和我兄弟米什卡。”

仁慈的上帝，该拿这个小怪物怎么办啊？她毕竟只有十三岁，还是个需要保护的孩子。可咱们这位画家呢？真是个假仁假义的花花公子！还穿什么麂皮夹克！戴什么领巾！双手还修得干干净净的！还往家里请美甲师傅。他曾经跟热尼娅提到过，他的工作需要他的手完美无瑕，像钢琴家的手一样……总之，看起来更像个同性恋。结果没想到他是个恋童癖……

话说回来，丽亚丽亚也不是个孩子了。古时候的犹太人在女孩子十二岁半的时候就会打发她嫁人。所以从生理学角度来讲，丽亚丽亚已经成年了。她的头脑也成熟得过了头——就看她讲述的关于米拉的那番话，可不是每个成年女人都能这么算计的。

可如今热尼娅该怎么做呢？她是唯一一个从头到尾都知情的成年人。所以，责任也就正落在她身上。而她没人可以商量。她不可能去跟自己父母说这种事，妈妈会心梗发作的！

丽亚丽亚几乎每周都来找热尼娅，讲自己跟画家的事。她说的一切都让热尼娅确信，这种噩梦般的关系已经极为牢固了——如果一个有妻室的男人铤而走险，每周都在家里跟年幼的情人私会，那他就是真的昏了头了。顺便一说，热尼娅买了避孕药（还挺贵的），自然没有经米拉的手。她把药给了丽亚丽亚，让她每天都吃，一天都别落下……尽管买了药，热尼娅出于责任心还是感到非常不安。她明白，趁着还没爆出丑闻，需要采取些措施，但又不知道如何着手。最终她决定，在当前的情形下她唯一能做的就是找画家谈一谈，这天杀的鬼东西。

而那位导演还在打电话来，求她飞过来，哪怕只待一天也好。他正有新戏上演，每天工作十二个小时……可如果她真的飞去那个绝美的、温暖又明媚的城市，丽亚丽亚就完了！可要是她不去呢？

必须做点什么结束丽亚丽亚这段疯狂的韵事了。问题甚至都不在于迟早会闹出丑闻，而在于说到底，这是一个成年人正在残害一个孩子的一生。上帝啊，她自己生的是男孩，这可真幸福啊。能有什么问题呢？萨什卡忙着解天文学题目……格里什卡天天晚上在被子下面打着手电筒读书，只需要把他从书堆里拽出来而已……他俩有时候也打架，但最近越来越少了……

最终，热尼娅决定给丽亚丽亚的情人打个电话。她是下午两点之后打的，挑了个米拉有晚间接诊的日子。他特别高兴，马上就请她来做客，反正走路过来也不远。热尼娅说下回再来做客，这回不能在家里见面，得在一个中立的地方。

他们在“艺术”电影院附近碰了面。他提议去“布拉格”咖啡厅。

“你是不是碰上什么倒霉事儿了，热尼娅？你的样子乱糟糟的。”画家亲切地问。热尼娅想起来，他这个人对待亲戚总是很和善。有一次，他帮了一个需要做高难度手术的远亲一把。还有一回，一个二流子亲戚偷车不成，他帮着付了律师费……人是多么复杂啊，多少不同的品质在其中并存……

“对不起，要谈的是不愉快的事儿。我指的是你的情人。”热尼娅厉声说，她正在气头上，生怕这件龌龊事儿给她带来的怒火会熄灭。

他长久地沉默着。一言不发。牙关紧咬，脸部的肌肉凸起，在薄薄的皮肤下动来动去。原来他也没之前给人感觉的那么英俊。或许是随着时光流逝，年华也老去了……

“热尼娅，我是个成年人，你既不是我妈妈，也不是我奶奶……你倒说说，我为什么要跟你交代呢？”

“阿尔卡季，这是因为，”热尼娅发怒道，“为一切行为负责的终究是我们自己。而如果你是成年人，就也应当为自己所处的局面负责……”

他从小小的咖啡杯里喝了一大口，把空杯子放到桌子边上。

“说吧，热尼娅，是什么人派你来的吗？还是你自作主张闹脾气？”

“你胡说什么呀？谁能派我来？你妻子吗？丽亚丽亚的父母？还是丽亚丽亚她自己？当然是我自作主张。就像你说的，闹脾气。这个傻瓜丽亚丽亚全告诉我了。当然我宁可什么都不知道……可既然我知道了，我就很担心，担心她，也担心你……就是这么回事。”

他的态度突然软了下来，换了个语气：

“说实话，我完全不知道你们有来往。有意思……”

“相信我，我更希望跟她完全没有来往，何况还是为了这种事情……”

“热尼娅，告诉我，你想让我怎么样。这件事已经有不止一年了。而且对不起，我跟你没有亲密到可以讨论我个人生活里的这种微妙问题。”

于是热尼娅恍然，一切都没那么简单，这些话背后的隐情比她了解的更多。阿尔卡季的样子既愧疚，又仿佛饱受折磨……

“我还以为这是不久前的事。可你说已经不止一年了……”热尼娅勉强挤出这几句话，责骂自己卷入了这种纠纷。

“如果你是个侦察员，那可侦察得不怎么样。说实话，这事儿已经有两年多了，”他耸耸肩，“我只是不明白，丽亚丽亚怎么会需要跟你讨论这事。米拉全都知道，只要不离婚，她怎么样都愿意……”

他动了动手肘，咖啡杯从桌子上掉了下去，撞到地板上。他没有起身，弯腰伸出长臂，从桌子下面捡起碎片，在面前堆成一堆。他开始翻检咖啡杯摔碎的白瓷片，仿佛是在把它们拼在一起，以便粘补……随后，他抬起了头。不，他依旧是英俊的，眉宇舒展，双眸微微泛着绿色。

两年多了？就是说他当时跟一个十岁的小女孩鬼混？而且还用这么平平常常的口吻谈论这件事……男人终究还是来自另一个星球的生物……

“听着，阿尔卡季，这我可真的不明白了……你还真好意思说？我脑子里都想象不出来—— 一个成年男人跟一个十岁的小女孩睡觉……”

他瞪大眼睛：

“热尼娅，你胡说些什么？什么小女孩？”

“丽亚丽亚一个半月以前才满十三岁！她是什么——是个小妞儿，还是大婶，还是个老娘儿们？”

“咱们说的是谁啊，热尼娅？”

“说的是丽亚丽亚·鲁巴绍娃呀。”

“什么鲁巴绍娃啊？”阿尔卡季的惊讶很真诚。

他在跟她装傻呢。还是说……

“就是丽亚丽亚。施特拉·科甘和科斯佳·鲁巴绍夫的女儿。”

“哦，施特拉啊！我好久没见过她了……她好像是有个女儿。这跟我有什么关系？你能跟我好好解释一下吗？”

结束了。这就是结局。他明白怎么回事后大吃一惊，哈哈大笑起来，说想见见这个编造了跟他的风流韵事的小姑娘——他不记得她了。去他家的小姑娘（也就是达莎的闺蜜）还少吗？

热尼娅卸下了心头的重负后，也随之笑了起来：

“亲爱的，可你明不明白，关于那个情人，我还是把你给拆穿了的？”

“在某种程度上吧。主要是确实有个情人。她不是十岁，也不是十三岁，但你懂的，还是存在一些问题……我特别生你的气，当你……”

服务员拿走了碎瓷片，叫来清洁工擦桌子下面的地板。

热尼娅等着丽亚丽亚来访，听了她的又一轮倾诉，让她尽情说完。然后热尼娅说：

“丽亚丽亚，我很高兴你这段时间一直来找我，跟我分享你的感受。或许对你来说，在我面前表演这个不存在的故事真的很重要吧。你将来一切都会有的：爱情、性、一位画家……”

热尼娅没能把提前准备好的一番话讲完。丽亚丽亚已经跑到走廊里了。她一个字都没说，抓起皮包就消失了好多年……

但热尼娅顾不上她。困在一片黑暗中的冬天终于走出了僵局。那位导演放弃了演出，自己飞到莫斯科来了。他忧喜参半，总是被无数崇拜者包围——他们是住在莫斯科、心怀第比利斯[1]的格鲁吉亚人，以及莫斯科本地热爱格鲁吉亚、崇尚那种自由而嗜酒的氛围的知识分子。有两周的时间热尼娅都很幸福，她

1　格鲁吉亚的首都，位于库拉河畔。

那乖张任性的人生行至中途，幽暗的树林被照亮了，三月宛如四月一般温暖而又光明，仿佛折射着那座位于奔涌的库拉河畔的遥远城市的反光。她的心安定了，不是因为她幸福了两周的时间，而是因为她在内心深处懂得，美好的日子不应当永远延续，这个美好的人出现在她的生命里，宛如一份大大的馈赠，大到只能短暂地拥有他，却无法将他带走……热尼娅跟他讲了小女孩丽亚丽亚的故事，他先是笑了笑，然后说，这是个绝妙的情节……后来他走了，热尼娅飞去过格鲁吉亚找他，他也不止一次又来过莫斯科。然后一切戛然而止，仿佛从未发生。热尼娅继续过自己的日子，甚至跟第二任丈夫也和解了，因为她渐渐发现，原来把他抛开是不可能的：他已经跟她的生活紧紧绑定了，像孩子们一样……

她很久都没再碰到过丽亚丽亚：任何亲戚的生日聚会上都不见她来，而亲戚的葬礼则没时间去……

很多年后，她们才在一场家宴上相见。丽亚丽亚已长大了，成了一个美丽动人的年轻女子，嫁给了一位钢琴家。她有个小女儿。这个四岁的小姑娘走到热尼娅身边，说自己是位公主……结束了，这就是结局。

自然现象

一切在开始时都那么迷人，结果却以给一位名叫玛莎的年轻姑娘造成心灵伤害而告终。这位姑娘外表平平无奇，满脸雀斑，戴着一副普普通通的眼镜，可内心却极为细腻。伤害的罪魁祸首是安娜·韦尼阿米诺夫娜，热尼娅从前的老师，那位白发苍苍、年已垂暮的女士，而且她没有任何恶意。她是一位教育家兼教授，早已退休，但始终没有失去几十年来教授俄罗斯文学（尤其是诗歌）的热情。她在某种程度上还是一位收藏家，收藏的与其说是那些跟自己的作者一样老朽的旧书，不如说是那些一心向往这座白银时代[1]宝库的年轻人的心灵……在一所二流大学里经年累月的工作使她积累了一大批过去的学生……

一个风和日丽的日子，安娜·韦尼阿米诺夫娜穿着浅灰色聚酯衬衫、老式花呢夹克和长久以来每天用天然鬃毛鞋刷清洁

1　19 世纪末 20 世纪初在俄语文学史上被作 “白银时代”。

的破旧便鞋，坐在一个特别漂亮的小花园的长椅上。花园地址不便写明，以免暴露，那里既不在莫斯科市中心，也不在郊区，位置很好，几乎算优质小区了。她手捧着一本用报纸包着的书。已经很久没人这么拿着书了。可她还是坚持用报纸包书，用剪刀裁掉底部多余的三角形，让书皮能跟书严丝合缝地对上……

四月中旬，天气宜人，她们两人，也就是安娜·韦尼阿米诺夫娜和玛莎，碰巧在长椅上相邻坐着，一起欣赏自然界万物复苏的景象。机灵的渡鸦们喧闹着，趁机务实地满足自己低级又崇高的需求——繁衍后代。它们用坚硬的喙折下树枝，插到旧巢里，有的修缮去年的旧窝，有的搭建新家……

一起欣赏了一小时这番罕见又好玩的景象后，安娜·韦尼阿米诺夫娜朗读了几句诗：

傍晚的光线辽阔而金黄
四月的清凉温情脉脉
你迟来了许多年
可我依旧因你而雀跃

“好美妙的诗句啊！”玛莎赞叹，“是谁写的？”

她们就此相识。

“哎，不过是年少时的臭毛病罢了，”这位富于魅力的年迈女士微微笑了笑，“谁年轻时还没写过几句诗呢？”

玛莎爽快地表示赞成，尽管她自己从没犯过这种毛病。她把安娜·韦尼阿米诺夫娜送回家，对方邀请她进门，她就进去了。玛莎来自一个普通的工程师家庭。儿时起，她家里就有一个“海尔加”牌壁柜，里面是整整齐齐、未曾被人翻动过的一卷卷《世界文学》系列丛书，以及十一只水晶高脚杯——还有一只被爸爸打碎了。还有一些来自如今称为独联体国家的纪念品：一个饰有银色花纹的格鲁吉亚黑色高水罐，一个立陶宛洋娃娃（脑袋是亚麻做的），还有一支来自乌克兰的黄褐色笛子，形状是某种长着粉色拱嘴的动物，那是乌克兰人钟爱的下酒菜。

而这里呢，四壁都摆满了架子、书柜和没封皮的书。原来这就是她为什么要把书包起来，不然书就会一页页散开的！架子上和墙上全是看了恍惚觉得眼熟的人的照片，其中一些上面还写着赠言。一张小小的椭圆形桌子，不是餐桌，也不是书桌，就那么独自放着。上面放着一对没洗的茶杯，一小摞书，以及做手工活儿用的小匣子……她是一位真正的老妇人，早在十月革命前就已经出生了……连茶壶都不是电的，而是铝制的——这种茶壶如今在任何一家旧货商店都找不到了，除非在古董铺里……

她们交上了朋友。那年玛莎上中学毕业班，她的同学们爱慕大学二年级的男生，爱慕来学校旁边的体育馆锻炼的活力四射的运动员，爱慕摆弄涂得花花绿绿的吉他的流行歌手，而她则爱上了安娜·韦尼阿米诺夫娜，因为她拥有玛莎所缺少的一切：安娜·韦尼阿米诺夫娜瘦瘦的，皮肤白皙，文化修养极高，而玛莎生来骨架大，脸上带有不健康的潮红，而且极其不喜欢自己的憨直。她的父母也是实心眼儿的人，祖祖辈辈都是，所以玛莎虽然爱着父母，却还是有点为父亲维佳感到害臊。他在工厂里当工程师，生平最爱做的事就是躺在深蓝色“日古利”牌小轿车下面，用口哨吹傻兮兮的小调……妈妈瓦连京娜也是工厂里的工程师，玛莎也为她感到害臊：她的身材太宽，四四方方的，嗓音过于洪亮，待客也过于淳朴热情。每当玛莎的同学们来做客时，她总是缠着人家说“吃呀，吃呀！喝红菜汤吧！放点儿酸奶油！吃点儿面包！”……

安娜·韦尼阿米诺夫娜完全是用另外一种面团做成的，不是酵母面团，而是酥皮面团：干干的，颜色浅浅的，簌簌地掉着碎屑。看上去，一位女性知识分子和一个工程师家庭出身的稍嫌粗鄙的姑娘，彼此能谈论些什么呢？可实际上她们无所不谈。从那些让人看了恍惚觉得眼熟的人的照片谈起，一直谈到一位年轻的流行作家写的当代小说，安娜·韦尼阿米诺夫娜听说过这位作家，却没读过。玛莎把这本流行小说带了来，以为会被训斥一番，可老太太出其不意地给她上了一堂生动有趣的课，从而让她明白，流行作家不是凭空从天上掉下来的，而是有着玛莎从未料到过的先驱，而且总的来说，每本书都建立在之前就已写过和说过的事情上……简而言之，这一想法让玛莎震惊，而安娜·韦尼阿米诺夫娜则震惊于如今学校里的文学课竟然教得如此糟糕。从这彼此的顿悟时刻开始，她们二人面前便展开了一片一望无际的原野，为最启发心智的对话提供了场域。小姑娘玛莎在数学、物理和化学方面成绩优异，本来有心考取公路工程学院。学院就在不远处，步行十分钟就到，只需要穿过一条马路，她父亲刚巧也是这所学院毕业的。可如今她来了个大转向：更吸引她的成了文学，而且令人惊异的是，她那颗强壮结实、原本对言语思想方面的任何精微之处都颇为迟钝的心，竟然倾注到了诗歌上面……

于是安娜·韦尼阿米诺夫娜开始培养她……用一种十分独特而又麻烦的方式：她从不给玛莎看自己收藏的那些翻得破破烂烂的书籍，而是一连几小时给她朗读诗歌，讲解诗歌评论、诗人生平和诗人之间的关系，包括他们的恩恩怨怨和风流韵事。这位年迈的女教授记忆力好得惊人。她能整本整本地背诵诗选，不论作者是鼎鼎大名，还是小有名气，又或是已经近乎消失在伟人名字的阴影中。后来玛莎逐渐发现，原来安娜·韦尼阿米诺夫娜自己也是一个诗人。没错，她是一个从没发表过自己诗作的诗人。玛莎的心灵日渐细腻敏锐，她学会了猜测女教授什么时候朗读的是自己写的诗，而且从没弄错过。每当安娜·韦尼阿米诺夫娜开始朗读“自己的”诗时，她都会轻轻揉一揉额头，然后十指相扣，眯起眼睛……

“这一首，玛莎……有时候我觉得，诗歌的时代已经过去了……但它与文化是不可分割的。它是内在的……

无情的野草，芬芳而灰白

长满在贫瘠的斜坡上，蜿蜒的山谷中。

大戟草微微发白。模糊不清的层层黏土

闪闪发光，像板石，像页岩，像云母……”

“这是——您写的诗吗？”玛莎怯怯地问。

安娜·韦尼阿米诺夫娜含糊地笑了笑：

“玛莎，这是在你这么大的时候写的……十八岁呀，那才多大……”

玛莎悄悄把安娜·韦尼阿米诺夫娜自己的诗记下来。她的记忆力也不赖。虽然安娜·韦尼阿米诺夫娜那银发稀疏的头脑条理分明，但只有背诗时的记性要好得多。她已然踏上了那条一去不返的旅途，相比之下，回忆早上吃没吃药、关没关煤气、有没有在卫生间里放过水要困难得多，而诗歌则牢牢地储存在记忆之匣中，直到最后才会跟那些作为生命存在方式的蛋白质一起消逝……

自然，玛莎不是这套破旧公寓的唯一来访者。安娜·韦尼阿米诺夫娜各个时期教过的学生都会来，有相当年老的，有中年人，也有二十多岁的。他们来得不太频繁，只有玛莎一个人住在附近，几乎每天都跑来。

让人惊讶的是，玛莎这十七年里从没遇见过像安娜·韦尼阿米诺夫娜这样的人，如今却突然发现，原来这样的人有很多——他们富有文化修养，不修边幅，衣着穷酸，博览群书，才高八斗，还机智俏皮！最后这一点是她没料到的，这和笑话或者玩笑没有关系。说俏皮话时没有人捧腹大笑，而是露出那种机敏的微笑。

“男人嘛，是挺不错的，可为什么非要把他留在家里呢？”安娜·韦尼阿米诺夫娜便是带着这种微笑挖苦地问的，问的是她之前带的研究生热尼娅，这位女子如今也颇有些年纪了。安娜·韦尼阿米诺夫娜指的是热尼娅复杂的一生中经历的种种波折，而热尼娅马上答道：

“安娜·韦尼阿米诺夫娜，我不会去找邻居借熨斗、咖啡机和搅拌机，我自己置办。那么男人我又为什么要借呢？”

“热尼娅！您怎么能把男人跟熨斗相提并论？熨斗抚平您的衣服，是在您需要的时候，而男人抚摸您的肌肤，是在他需要的时候！”安娜·韦尼阿米诺夫娜反驳道。

她和其他人的谈话或许没有这么好笑，却让玛莎心醉神迷——主要是因为，这样电光石火般的快速问答砰砰砰地四下飞溅，有时玛莎甚至无法捕捉到飞快转换的话语的含义。她不知道，这种轻松从容的对话就跟诗歌一样，是悠久文化的碎片，这种文化不是一两年之功，而是由世世代代参加招待会、晚会、慈善音乐会和上大学读书（上帝原谅，不该这么说的）的人培育起来的……

后来她才开始明白，引经据典也在这种谈话中至关重要。仿佛他们除了普通俄语之外还掌握另一种隐藏在通用语之后的语言。玛莎到底还是没能学会分辨这些用语来自哪些书，但她至少学会了根据说话人的语调感受到摘录、引用和暗示的存在……

每当有人来访，玛莎就坐在角落里倾听。参与这些谈话她是无能为力的，只能去厨房烧烧茶水，把茶杯摆到椭圆形的桌子上。等客人们散了，她便清洗那些易碎的茶杯，生怕一不小心打碎了。她是个近乎一言不发的人物，也没人来跟她说话，除了安娜·韦尼阿米诺夫娜以前的研究生热尼娅。她是所有人里最招人喜欢的，偶尔会问玛莎一些奇怪的问题——比如，读过巴丘什科夫[1]吗……可中学里甚至都没讲过他啊……

晚间时分成了玛莎最心爱的时光，那时已经是十点之后了，她来找安娜·韦尼阿米诺夫娜——在她们认识两个多月后，房间钥匙就托付给了她——坐到一把折叠椅上。那椅子很奇怪，可以组装成一把小梯子。安娜·韦尼阿米诺夫娜则坐在一把端正森严、无法拿来淘气的扶手椅上，椅背笔直，扶手坚硬。她吃着荒唐可笑的晚餐——一玻璃盏的酸牛奶，在神秘地停顿一会儿后，她开始给玛莎读诗，一般是这样起头的：

“这首谢尔盖·米特罗法诺维奇·戈罗杰茨基[2]的诗很受瓦列里·雅科夫列维奇·勃留索夫[3]的喜爱，选自他的第一本诗集，

1　康斯坦丁·巴丘什科夫（1787—1855），俄国诗人、散文作家，在俄语诗歌的音节和形式创立方面做出了很大贡献。

2　谢尔盖·米特罗法诺维奇·戈罗杰茨基（1884—1967），俄国诗人、翻译家和教育家，属于象征主义流派。

3　瓦列里·雅科夫列维奇·勃留索夫（1873—1924），俄国诗人、散文家、戏剧家、译者、批评家和历史学家，也是俄罗斯象征主义的代表人物之一。

好像是1907年出版的……”

安娜·韦尼阿米诺夫娜朗读得精彩极了，她不像演员似的声情并茂，而是以教授的方式，带着自己的理解朗读：

并非空气，而是黄金，
液态的黄金
倾倒入世界。
非经大锤锻造
而是液态黄金
世界静止不动。

“您再读读自己的诗吧。”玛莎请求说，于是安娜·韦尼阿米诺夫娜微微眯起跟乌龟眼睑一样皱巴巴的眼皮，悠长而又庄严地念出响亮动听的诗句，玛莎便努力将它们记住……

父母不许她去上人文学院，玛莎自己也没信心能考上。她整个夏天都在勤奋地学习数学和物理，几乎每天晚上都去找安娜·韦尼阿米诺夫娜，后者对她也很依恋，考试开始时也十分挂念她。不过一切都很顺利，玛莎被录取了，父母也很满意，答应送她出国旅行，不知怎么就说到了要去匈牙利，那里有她母亲在苏联时期结交的老相识。但玛莎拒绝前往——因为安娜·韦尼阿米诺夫娜身体不适，她那双纤细的、白得像牛奶冰淇淋一样的双腿开始肿胀起来，这是夏末的暑热造成的……

玛莎没去匈牙利。八月中旬，在一次严重的心梗后，安娜·韦尼阿米诺夫娜被送进了医院。玛莎去看望了她三次，第四次去时没在病房里找到她，她的病床上没了床单，床头柜也一片狼藉。玛莎被告知，老太太昨晚死了……

玛莎从柜子里收拾出一些女性用品和零碎药物，也没想想自己为什么要这么做，如今谁又会需要已经用过的儿童香皂、普通的香水、纸巾和瓦洛科金[1]……她还满怀敬仰地拿了三本包着报纸的诗集——最上面是一本破旧的勃洛克的《超越往昔之日》，是格热宾出版社1920年出版的……在带有诗人名字的灰色阴影线上方，是安娜·韦尼阿米诺夫娜用铅笔写下的潦草而断续的笔迹："上帝保佑你送的新铅笔……"不难想象，这支铅笔就是勃洛克本人送给她的。尽管时间对不上，她是1912年出生的，1920年时她才只有八岁……

玛莎一整天都坐在安娜·韦尼阿米诺夫娜家里。很多人打来电话询问情况，不少人前来拜访。临近傍晚时家里聚起了十个人，包括死者的侄子侄媳，她工作过的教研室的主任，几位玛莎认识和不认识的女子，以及两位大胡子男子。那位教研室主任表现得仿佛主角一般，但操持一切的是热尼娅，因为是她出钱办的葬礼。那是一大笔钱，足有三百美金。一切没有玛莎参与也都运转起来，水到渠成地办好了，没人找她要房子钥匙，

1 一种过时的血管舒张药。

她也没交出去。葬礼过后，在教堂举行了安魂弥撒，碰巧来了很多人，大约有两百，第九天[1]则是在安娜·韦尼阿米诺夫娜家里办的。

上了年纪的侄子继承了房子，准备搬过来住。他始终置身事外：安娜·韦尼阿米诺夫娜的朋友和学生不认识他，他也不认识他们。玛莎忧伤地猜到，除了教授文学外，安娜·韦尼阿米诺夫娜并没有什么家庭生活。玛莎还猛然发觉，安娜·韦尼阿米诺夫娜去世后，她那满目凄凉、落满尘土的住所忽然显得家徒四壁。这也许是因为有人拉开了往常总是紧闭着的窗帘，在八月的斜阳中，贫困无从掩饰，变得一览无余。就连那张桌子也很简陋，那个侄子也是穷人……

可是要知道，当安娜·韦尼阿米诺夫娜在世的时候，这套破旧的住宅是十分精致豪华的——玛莎困惑不已。

在安娜·韦尼阿米诺夫娜的侄子搬进来前的整整一个月里，玛莎有时会过来，坐到自己那把小梯子似的椅子上，从书架上随意取下一本包着报纸的书，开始阅读。应当承认，她们的相识虽然在人的一生中只是短短一段时光，但玛莎在这期间学会了读诗。理解诗歌她还没学会，但读和听是学会了的。这套藏书将全部捐给教研室——这是安娜·韦尼阿米诺夫娜的遗愿。可玛莎留有一个笔记本，里面记着安娜·韦尼阿米诺夫娜自己

1　俄罗斯丧葬习俗，在人死后第九天，死者亲友聚餐并表达追思，为死者的灵魂祈祷。

的诗，是玛莎听过后记下来的……她还把它们背了下来。

玛莎已经开始在公路工程学院上课了，可还是无法缓过劲儿来。如今她醒悟了，与安娜·韦尼阿米诺夫娜的相遇已成为她人生履历中的重要节点，在对方死后，她将再也不会有如此不寻常的忘年交了……第四十天[1]的傍晚，她来到安娜·韦尼阿米诺夫娜家，决定终于要在今天交还钥匙了。那里共有二十个人。那位侄子用两块木板搭了长凳，大家勉强都坐下了。谈到安娜·韦尼阿米诺夫娜时，大家交口称赞，因此玛莎小小地哭了几次。她喝了很多葡萄酒，本来就红红的脸变成了深红色。她一直等着能有什么人提及安娜·韦尼阿米诺夫娜是一位多么优秀的诗人，却没有人提。于是，纯粹为了还逝者以公平，她克服自己的羞怯和拘谨，用湿漉漉的双手从崭新的学生背包里取出自己手抄的小笔记本，本就红红的脸庞此时红得都有点发青了。她说：

“我这里有一整本安娜·韦尼阿米诺夫娜自己写的诗。她从没把它们发表过。我问她为什么，她只说：‘啊，这些诗都很普通。’可在我看来，这些诗很不普通，甚至特别出色，尽管她从没把它们发表过。”

于是玛莎开始朗读，从那首描写芬芳而灰白的无情野草的诗读起，然后读到冥府小树林里金色的捕鸟人，……她没抬眼，

1　俄罗斯丧葬习俗，在人死后的第四十天举行祭奠亡灵的仪式。

但当她朗读其中最动人的一首（开头是“你的名——手中的鸟，你的名——舌尖的冰……”）时，她感到有点不对劲……她停了下来，环顾四周。有人在窃笑，还有人正困惑地交头接耳。情形真是尴尬万分，停顿又是那么漫长。后来所有人里最招人喜欢的热尼娅举杯起身说：

“我来讲几句祝词。今天来的人不多，但我们都知道，安娜·韦尼阿米诺夫娜是多么善于将别人吸引到自己身边来。她将自己的精神财富馈赠给了很多朋友，我想为所有这些人干杯，从最年长的到最年幼的。希望我们永远不会忘记她赠予我们大家的宝贵财富。”

大家纷纷动了起来，起了小小的争执，争论要不要碰杯，有人依旧面带困惑甚至恼怒在交谈着。玛莎感觉那种不愉快的停顿并没有过去，可热尼娅还在滔滔不绝，直到话题终于转为回忆往昔岁月……

安娜·韦尼阿米诺夫娜的侄子身体不舒服，道歉后便离开了。他已跟玛莎说好，客人散后由她清洗餐具，把钥匙留在桌子上，最后把门碰上。

客人们散去了，只留下热尼娅和玛莎收拾餐具。她们先把酒杯和茶杯都拿到厨房，放到桌子上。然后热尼娅坐下，开始抽烟。玛莎平时也抽几口烟，但从不当着大人的面。可这次她也抽了起来。她想问热尼娅点儿什么，又始终想不出怎么开口，还是热尼娅自己问的：

“玛莎，您为什么会认为这是安娜·韦尼阿米诺夫娜写的诗呢？”

“是她自己说的。”玛莎答道，已经预感到马上就要真相大白了。

“您确定吗？”

“当然了。”玛莎拿来自己的包，本想取出笔记本，可突然转念一想，这些诗都是她亲手记录的，如今热尼娅可能不会相信它们真的是安娜·韦尼阿米诺夫娜写的。

“我只是把它们记录了下来。她给我读过很多次。这都是她年轻的时候写的……”玛莎开始辩白，把笔记本贴在胸口。可热尼娅伸出手来，于是玛莎把蓝色的笔记本递给了她，本子上用又黑又粗的自来水笔写着《安娜·韦尼阿米诺夫娜的诗》。

热尼娅沉默地翻看笔记本，微微笑着，仿佛是在向往日的愉快记忆微笑。

“这些诗可是写得很好呀……”玛莎绝望地喃喃道，“明明写得不赖呀……”

热尼娅合上笔记本放到一边，说：

“‘这本蓝色的练习册——写满我少年的诗篇……’[1]”

1　出自阿赫玛托娃的诗《傍晚的光线金黄而辽远》。前文中多次出现安娜引用他人诗作却并未说明以致玛莎“误解”的情况。比如第73页“傍晚的光线……因你而雀跃”亦出自阿赫玛托娃的《傍晚的光线金黄而辽远》；第76至77页“无情的野草……像云母……”出自马克西米利安·沃洛申的《正午》；第84页“你的名……舌尖的冰……”出自玛琳娜·茨维塔耶娃的《你的名——手中的鸟》。

“什么意思？”玛莎忍不住问道，脸色又红得发青，除了她以外没人能把脸红成这样。

“您看啊，玛莎，”热尼娅说，“这本笔记本里的第一首诗是马克西米利安·沃洛申写的，最后一首是玛琳娜·茨维塔耶娃写的。其他诗也出自或多或少有点名气的不同诗人笔下。所以这是一个误会。而且安娜·韦尼阿米诺夫娜不可能不知道这一点。对于她对您说的话，您有些地方理解得不对……”

“我说的是真的，不是这样的，”玛莎涨红了脸，“我理解得很正确。她自己跟我说的……她让我以为……这是她写的诗。”

此时玛莎才恍然大悟，刚才她硬要朗读诗歌时，在这些饱学之士面前显得有多么愚蠢……她冲到浴室里放声痛哭起来。热尼娅试图安慰她，可她把门反锁，很久都没出来。

热尼娅把餐具都洗了，然后敲了敲浴室的门，玛莎走了出来，脸庞像溺水的人一样肿胀。热尼娅揽住她的肩：

“不用这么伤心难过。我也不明白她为什么会这么做。你知道吗，安娜·韦尼阿米诺夫娜是个很不简单的人，雄心勃勃，又在某种程度上算是郁郁不得志……你明白吗？”

“我哭的不是这个……她是我这辈子遇见的第一个文化人……她为我打开了一个那样美好的世界……然后抛弃了我……就那么抛弃了……”

玛莎永远都不会放弃在学院的学业，也不会离开公路工程领域，转而从事人文方面的工作。可怜的玛莎将永远也想不通，为什么这位学识渊博的女士要如此残忍地戏弄她。想不通这一点的还有教研室主任、那个侄子和参加第四十天祭奠仪式的其他客人。他们将始终坚信，这个相貌粗笨、双腿肥胖的工程师女孩是个彻头彻尾的傻子，她曲解了安娜·韦尼阿米诺夫娜的话，无中生有地给这位富于修养的女教授捏造了后者根本没想过的事……

热尼娅走向地铁，途中穿过一个公园。就是在这里，如今备受煎熬的小女孩玛莎认识了一位教了五十年俄罗斯诗歌的杰出女士。热尼娅想知道，安娜·韦尼阿米诺夫娜为什么要这么做。也许是想此生至少有一次能感受到伟大的诗人和最微不足道的写作爱好者都会经历的体验吧，那种当众朗读自己的诗歌、在众多易受影响而又简单朴素的心灵中得到情感回应的体验？答案如今谁也不知道了。

幸运的偶然

上世纪末的时候，颇有一番下流无耻、难以解释的盛况。90年代初期，很多知识分子阶层的人遭受了巨大的磨难，因为原本勉强维持着生活的三大支柱（三头鲸[1]，或者大象[2]，又或是《三个来源和三个组成部分》[3]）分崩离析了。教义崩坏得如此严重，连神圣的三位一体都摇摇欲坠起来。很多人开始沉沦。有些人就这么沉没了，有的则学会了游泳，还有一些人则在风雨飘摇的世界上判明了方向，开启了大航海的旅程。

热尼娅背叛了学术，放弃专著和未答辩的博士论文，转而从事电视行业。起初她在一个教学节目里干得很好，过了一年发现自己做外语教学节目是小菜一碟，于是开始给另一个编辑

1　古俄罗斯人认为地球是平的，由汪洋中的三头鲸鱼支撑。

2　古印度人认为地球是一个倒置的碗，支撑地球的是几头巨大的大象，而大象又站在一只巨大的乌龟背上。

3　指列宁于1913年发表的《马克思主义的三个来源和三个组成部分》，这篇文章是为了纪念马克思逝世三十周年而作。在苏联时期，这篇文章是高年级学生的必读篇目。

部写纪录片的剧本，写得也不比别人差，或许还更好些。她在各个楼层都结交了熟人。当她做完一部优秀的纪录片（关于一位她年轻时就很熟悉的格鲁吉亚导演）之后，得到了一个特别棒的工作机会，有点敏感的那种。而且不是通过官方渠道，而是通过熟人得到的。严格来讲，为了得到这种工作，还得额外交钱呢。但愿意额外交钱的编剧不懂外语，而要做这份工作必须掌握三门欧洲语言之一——德语或法语，至少也得是英语。热尼娅的德语好极了，英语也还凑合。

这个工作机会来自瑞士，准备拍摄这一敏感题材电影的导演也是地道的瑞士人。他需要一个女编剧来写剧本，对方得会说一种他听得懂的语言，擅长跟人打交道，而且必须是俄罗斯人。敏感的地方在于，这部电影打算拍的是瑞士的俄罗斯妓女。

出于十足的瑞士式天真，这位名叫米歇尔的瑞士导演给电视台写了一封正式的信函。领导层起初紧张不安，然后忙乱起来，再然后商议了一番就拒绝了。一些更有经验的同事跟这位天真的瑞士导演解释，说事情不能这么办，于是他通过使馆找了一些文化界的熟人，他们又在自己的熟人里仔细搜寻，因缘际会就找到了热尼娅。米歇尔跟制片人一起飞到了莫斯科，邀请热尼娅去他们下榻的“大都会”酒店吃了一顿漫长的午宴。其间他们把一切都谈妥了，说的是瑞士的语言，这种情况下也就是指德语……

应当说，热尼娅对俄罗斯妓女的生活知之甚少，对在国外从事这一危险职业的女性就更一无所知了。而米歇尔原来是一位歌颂各国各民族的婊子、荡妇和妓女的真正的诗人。给人留下的印象是，他从少年时起就以嫖客的身份爱上了她们全体，他对此也毫不掩饰。

“我跟其他圈子的女人从来都没有什么好结果。”米歇尔抱怨。

“你也没试过呀。”沉默寡言的制片人反驳道，他那浓密的褐色头发之中，齐齐整整地露出一块明晃晃的粉色秃顶。

“我试过的，路易，我试过，这个你清楚得很！”米歇尔不耐烦地挥挥手。他对这个话题着了迷，始终没能谈到工作上需要热尼娅解决哪些问题。

“俄罗斯姑娘是最棒的！”他对热尼娅宣称，“那种斯拉夫式的温和柔顺，默默无语的娴雅纤秀，那浅灰色的头发——斯堪的纳维亚姑娘是没有这种头发的，她们的头发压根儿没有颜色，金发的盎格鲁-撒克逊姑娘也没有。不幸的是，这些俄国姑娘没有外语讲得好的，可要想拍纪录片，得让她们开口说话。讲讲她们的命运啊，各种细节啊，之类的……她们给我讲自己的故事时总是千篇一律的。可她们是多好的女孩子啊！每个都是钻石一样的宝贝！你明白我需要你做什么了吧？”

他弹着响指，嘴里啧啧有声，连耳朵都微微摆动着。总之他是个特别讨人喜欢的家伙，发自肺腑的工作热忱给他增色不少。

热尼娅以前也曾有机会跟外国人一起共事，形成了一些刻板印象，比如英国人一本正经，法国人殷勤好客，德国人单纯率直。这个瑞士人很有法国范儿，眼睛蓝蓝的，脸庞黝黑中透着粉色，仿佛高山滑雪运动员。而且他长得很像阿兰·德龙，洋溢着快活而又有些杂乱的精力。

“暂时还不明白，”热尼娅轻声说，“不过我理解力还是挺强的。”

“我给你看看我拍的电影，你就明白我需要的是什么了。路易，跟莫斯科电影制片厂约一个放映厅，把咱们的成果给热尼娅看看。”

原来，他已经拍过几部关于妓女的电影了。第一部讲的是非洲血统的女孩，然后是一部关于中国姑娘的，她们将这一最为古老的职业跟特技表演结合起来。最近他在日本住了半年，在那里遭遇了职业生涯的挫败——他那部关于日本艺伎的电影虽然顺利完成了，但在行将结束的时候却爆出了一件极大的丑闻，最终导致日本人没收了他的胶卷。

“我给你解释一下我需要的是什么：是每个姑娘的故事，真实的故事。跟我她们是不谈这个的。我跟她们关系特殊，她们不肯什么都跟我说。女孩子们有自己的原则。我需要的首先是真实的故事，然后是弄清楚她们有没有拉皮条的情夫。这个对我来说非常重要。弄清楚这一切是建立在什么之上的，是单纯为了钱呢，还是有些什么情感羁绊。还有一点，就是私生活。这是我最感兴趣的部分——妓女的私生活……”

于是，热尼娅受雇调查俄罗斯妓女在业余时间的私生活。他们决定在五月初劳动节的时候进行这一调查，那时所有人都在过节，而妓女们则劳动得最为热火朝天。不过这是我们这儿的情形，在瑞士呢？热尼娅休了一周的假。他们承诺两天之内办好瑞士签证。

直到机票寄来的那天，热尼娅才在家里宣布自己要去国外出差。丈夫得知她此行的目的后，只是哼了一声。儿子们倒是发自肺腑地开心：提醒她可能遇到的危险，给出有用的建议以防万一，还说了些颇为大胆的俏皮话。看到自己跟孩子的关系一点也不像自己跟父母的关系，热尼娅颇为欣慰——当着她父母的面，就连“妓女”这个词都是没法说出口的。

飞机起飞晚点了一个小时，所以热尼娅还在路上就已经开始焦虑了：万一接不到她怎么办？来接机的制片人路易也迟到了，迟了一个半小时。他跟热尼娅解释说，正是因为飞机晚点，他才晚到的。他行色匆匆：他需要马上返回机场，去迎接从印度回国的妻子。她是个舞蹈演员，刚结束为期半年的印度舞课程。可她的飞机也晚点了，而且比通知的晚点时间还要晚，按时刻表本应比热尼娅的飞机早两小时降落的……这一切让热尼娅不由得困惑起来：欧洲式的可靠和保守原本坚如堡垒，如今开始动摇——飞机时刻表不被遵守，体面人的妻子还跳印度舞蹈……

天色已经很晚了，无论热尼娅怎么转脑袋，都没法从车窗外的景象中看出什么来。她看到的第一个东西是一个地精雕像，只有一条小狗那么大，以看门人的姿态站在一扇巨大的门旁边，把门衬托得特别宏伟。路易按了门铃，他们等了几分钟。终于，一个老迈不堪、旧嘴里装着新牙的女士打开了沉重的大门——请进吧。

“苏黎世是个疯狂的城市。这里的地洞里黄金无数，能把当地的道路全都铺满。可一杯茶就要五美元。所以我们通常在这个膳宿公寓给员工租房住。你要到明天才能判断我说得对不对了……”路易说，用力把行李箱推进门，“米歇尔晚点再来，他今天从巴黎飞回来，打算晚上跟你一起工作……”

热尼娅甚至都没来得及再问一句：怎么，今天晚上就工作？

房间很小，干干净净的，有一张大床，床头放着一盏古怪的台灯，同样装饰着地精。她在卫生间里又找到了第二个地精——它倚靠在镜子前的小隔板上，用倒影使自己的魅力翻倍。

热尼娅洗漱完毕，往衣柜里挂上三套衣服——其中最好的一套是从朋友那里借来的。房间里还有一个特别小的厨房，更像是一个带灶台和水槽的小隔间。热尼娅烧上茶水。已经夜里十一点了，米歇尔还没有人影，于是她决定喝口茶，然后马上睡觉。这时电话响了，她拿起听筒，是米歇尔打来的：

“热尼娅，下楼吧。我们现在就吃晚饭，然后去干活。”

他在楼下迎接她，像久别重逢的老朋友一样冲过来吻她。他身上散发着的味道不知是来自香水还是鲜花。“是财富的味道。”热尼娅猜测。他的兴奋和欣喜是真诚的。他让热尼娅坐进一辆低矮的小轿车，然后开走了。跟上次在莫斯科见面时相比，他在某些方面发生了根本性的改变，但热尼娅怎么也看不出，究竟是哪儿变了。在一家小餐厅里，所有服务生都像老朋友一样跟米歇尔打招呼。他们在一张小桌子后面坐下后，餐厅老板走了过来，跟米歇尔吻脸问候。老板说的是法语。热尼娅猜，他们谈的是食物方面的事。老板走后，米歇尔说：

“这个老板是巴黎人，在苏黎世住了三十多年了，非常想家……我真是痛恨瑞士。这是个根本没有爱情的地方。什么样的爱情都没有，从来没有。这是个聋子和哑巴的国家。你会亲眼见证的。”他的眼睛如同镜面，闪过黑色的光芒。

“原来如此！他的眼睛在莫斯科时是天蓝色的，现在变成黑色的了……但是不可能有这种事啊。难道是我发疯了？可之前确实是天蓝色的呀……好吧，就当我现在不是在过日子，而是在看电影吧。”热尼娅心想。

她吃了一份由蘑菇和鸭肝做的沙拉。沙拉里还有很多看不出是什么的东西。味道则无法形容。米歇尔点了几道菜，可一道也没碰。他非让热尼娅点甜品，说这家做的某种甜品特别神奇。那甜品倒确实很美味，可让人完全搞不懂究竟是什么东西……

“你得换套衣服，”米歇尔微微抬了抬她西装上衣的翻领。那套衣服是意大利式的，在热尼娅看来十分体面，颜色是高贵的深棕色。“你带了晚礼服没有？”

热尼娅摇摇头：

“你之前也没提醒过我呀……”

她本来也根本没有什么晚礼服。在莫斯科生活，要晚礼服有何用？

米歇尔温柔地抱了抱她：

“你真可爱，热尼娅。我可太爱你们俄罗斯人了……咱们给你挑挑衣服吧……”

他们又上了车，开去某个地方。热尼娅什么都没问：顺其自然吧。

米歇尔带她来到一套大房子里，那里摆满了非洲雕塑和怪模怪样的铁器。

“你觉得怎么样？我是在黑山发现这个艺术家的，那是一个农村铁匠，一个彻头彻尾的疯子，总是穿同一身衣服，直到穿破为止。他只在晚上才锻造这些神奇的作品，在一个陈旧的磨坊里。有一种巴尔干式的恐怖，是吧？”

梦境延续着，而且不能说是很愉快的梦：虽然挺有意思，却让人惊惶不安。米歇尔带热尼娅来到套房深处，打开一扇门，走进一间没有窗子的房间，房间里有一面长长的镜墙。他推了推墙，露出一排衣架，上面像商店一样挂满了衣服。

“原来是衣帽间啊。”热尼娅恍然。

“我妻子埃斯佩兰萨已经住院半年了。这是她的衣服。咱们就拿几件她的吧。”他动作轻柔地翻看挂着的各式衣物，拽出一件蓝色的。“她穿八号的，你大概是十二号吧。不过埃斯佩兰萨特别喜欢各种大号衣服……喏，”他把衣服从衣架上取下来，“这件是巴黎世家的。你试试。”

热尼娅脱下西装上衣和裙子。这没什么，他表现得很职业，看热尼娅的眼光颇有兴趣，不过是朋友式的。她钻进那件蓝色的大号衣服里，觉得两人之间有十五岁的年龄差，可以允许这种程度的放肆……

“棒极了，”米歇尔表示赞许，看了看表，“走吧……”

热尼娅还是什么都没问：他在莫斯科时只字未提什么妻子，什么住院，只讲妓女的事儿……她都不知道他结婚了。热尼娅还寻思：“难道我今天早上真的还在布特尔基街的家里煮燕麦粥来着？”

“离这里不远。”

他们开了十分钟的车，然后停了下来。米歇尔摸了摸鼻梁：

“我不记得有没有跟你说过了……你懂的，在瑞士官方禁止卖淫。一些夜总会、卡巴莱[1]餐馆和酒吧里有姑娘揽活。还有专门的地方——脱衣舞俱乐部。大部分来这里的妓女拿的是演员签证，比如卡巴莱演员或是脱衣舞女。懂吗？这种俱乐部一般开到凌晨三点。姑娘可以跟客人‘再约’，那就是她自己的事

1　一种起源于18世纪法国的娱乐表演形式。

了，也不用纳税——如果没人举报的话。俄罗斯姑娘的情况是最糟糕的，大部分人都依附于俄罗斯黑帮。也就是说，黑帮把她们挣的钱几乎全都据为己有了，而想要摆脱黑帮实际上几乎是不可能的。我挺想帮帮她们。情形很危险，对她们来说，如果卖淫合法化会好得多……社会信息越透明，应对这种事就越容易。嗯，你自己会弄明白的。我在这儿有个相熟的俄罗斯姑娘，叫塔玛拉。如果她演出之后有空，你就跟她聊聊……”

到处的人都认识米歇尔——入口处的保安朝他挥挥手，非常小声地跟他说了什么。米歇尔回答之后，两人都笑起来。热尼娅感觉他们在开跟她有关的玩笑。“当然了，我在这里就像图拉[1]特产的茶炊——一看就是外来的……”

他们走进一个低矮昏暗的房间，里面四周摆满了小桌子，中间则宛如杂技场，放着一把小梯子，上面缠绕着从天花板垂下来的一串串花带。演奏的音乐颇有东方情调，很奇怪。人不多，一半的桌子都空着。有些桌子后面坐着几个姑娘——她们没有客人，似乎是在交谈。一个亚洲姑娘朝米歇尔点了点头，另一个黑皮肤的来到桌前。米歇尔问及俄罗斯姑娘塔玛拉，那人点了点头。

原来，塔玛拉正有客人。她刚结束自己的节目，一位俱乐部的客人邀请她喝一杯。他们正坐在远处的一张桌子后面。热

1　俄罗斯城市，以出产茶炊闻名。

尼娅远远地端详这位俄罗斯姑娘，她正侧身跨坐在椅子上，宛如一位女骑手。纤细而光亮的双腿像涂了漆一样闪闪发亮，不知是穿了特殊的连体裤还是抹了雪花膏，热尼娅搞不懂。

米歇尔点了葡萄酒，但没把价签还给服务员，而是给热尼娅看：

“你看见价格没有？”

但热尼娅对外国货币没什么概念，于是米歇尔解释说：俱乐部的大部分收入正是来源于销售酒水，这里的价格是平常价格的十倍。一瓶质量普通的香槟就要约三百美元。这个俱乐部不收门票钱，但会送来酒水，顾客买的第一杯酒就充当门票。女孩子们在这里的工作分成两类：主演节目和当歌舞配角。

“看！”米歇尔指向场地中央，那里亮起了灯光，“马上要演出了。这个节目我自己也没看过。以前这里没有秋千。”

伴着音乐走出两个高个子姑娘，一个身着红色泳衣和透明的长外衣，另一个身着黑色的类似装束。

“这俩都是变性人。你真走运。这是最好的脱衣舞了。我听说过她们，是从阿根廷来的。”

“就是说，她们是老爷们儿？”跟不上时代的热尼娅惊讶道。

“以前是，”米歇尔解释说，“现在她们当然是女的了。她们特别享受自己的女性特质，纯天然的女性都做不到那个份儿上……你自己看吧。”

变性人们开始摇晃小梯子，自己也跟着摇摆，随后手脚并用地组成了一个复杂的图形，紧贴着小梯子。她们的外衣飘扬着，头发也跟着缓慢的摇摆节奏柔顺地飘荡。她们逐渐向上升高，同时巧妙地保持着手脚间复杂的纠缠姿势。

随后她们的透明外衣从上方飘落下来。在高处，她们放开彼此，开始狂热地为对方宽衣解带——胸罩、腰带、内裤纷纷落下，内裤之下最隐秘的部位露出了华丽夸张的文身。随后，当她们已赤身裸体时，开始从小梯子上往下爬，一路还摆弄着胸部、腹部和臀部。热尼娅聚精会神地看着她们，试图找到她们曾经是男性的蛛丝马迹。看上去似乎只有其中一人的手掌跟一般姑娘的相比过于粗壮而已。

“米歇尔，你是怎么一下子就猜出她们是变性人的？有什么特别的特征吗？”热尼娅悄悄问，而米歇尔热切地解释起来：

“有些特征很明显。注意，手脚的大小是没办法改变的。然后是肩膀肌肉的轮廓，这个也很难改。但最重要的是腰：男人的胸廓是圆柱形的，腰部不会收窄，女人的胸廓则是圆锥形的。这是最可靠的特征之一。你再看看脖子，有时候能看到喉结，这也是外科手术去不掉的。我拍过一段关于变性人的情节。对于外科医生来说，填充胸部和臀部根本不是问题，可以用特殊的凝胶、填充物，当然还要打激素。之后再聊这个。这位是塔玛拉。”

一个柔弱的姑娘摇摇晃晃地朝他们走来，脸上挂着茫然无知的微笑。米歇尔起身，两人吻了吻。他介绍热尼娅：

“这是我一个从莫斯科来的朋友。我跟她聊过你，她想跟你认识一下。她叫热尼娅。”

热尼娅瞪大眼睛看着塔玛拉。这个姑娘的外表十分动人：一张孩子气的嘴，圆圆的眼睛，头发在头顶盘成一个发髻，粉红色的小耳朵在小巧的脑袋两旁好笑地支棱着。她早就已经过了十八岁了，可神态和表情还像小孩子一样。

“真从莫斯科来的吗？这可真想不到！我自打生下来还没去过那儿呢。倒是去过赫尔辛基和斯德哥尔摩，巴黎也去过。可莫斯科还真没去过。我是从哈尔科夫来的。您知道那里吗？”她说话有乌克兰口音，很明显。

“你要喝一杯吗，塔玛拉？”米歇尔问。

“不，我不喝。不过，米歇尔，你还是点吧，点完就放着，好吗？”她转向热尼娅：“您要在这儿待很久吗？是来工作还是……？”

“我是来做客的，待十天，来看看你们在这边过得怎么样。”热尼娅微微笑了笑，隐约眨了眨眼，总之是给了个眼神，没让米歇尔察觉——意思是，这是咱们女人之间的事儿。

她这一举动产生了神奇的效果，塔玛拉用俄语连珠炮似的说起来：

“你怎么不留下来呢？你语言讲得很流利，人也还不老。如果能拿到工作许可，就能挣钱。我们有个从哈尔科夫来的女人在这儿当女仆，能养活两个家，儿子在国内还买了车呢。瑞士人给钱给得多。当然，给我们的人少些，但还是挺不错的，要是没人吃回扣的话。你跟他认识很久了吗？跟他说说，求求他。他是个特别好的人，乐于助人。对不对，米歇尔？”她又用德语补充了一句：“我说你是个好男人，对不对？”她纤细的手指滑过米歇尔晒得黝黑的脖颈，他则吻了吻她的手。

热尼娅始终感觉自己仿佛置身于无尽的梦境：有趣倒是有趣，可已经想要从中醒来了。

“你已经来这儿很久了吗？”热尼娅问。

“一年半了。之前我在芬兰干。但我在这里只待到秋天，秋天一到我就离开。我有一个未婚夫，是瑞士人，一个银行家，所以我干到合同期满就收工。”塔玛拉露出胜利的微笑，摇了摇头，发髻散开了。她喝了一杯香槟，漫不经心地朝米歇尔做了个手势：“你再点一杯吧……”

米歇尔站起身：

“我去吧台下单。”

他把她们俩留下来，好让她们聊天更自在些。

“瞧瞧，你多走运，找到了未婚夫……”热尼娅赞许道，“他是个可爱的人吗？”

“我说了他是瑞士人，瑞士人都很可爱。他们又有钱，又吝啬，还爱干净。头脑不大灵光，不懂得生活，却能挣大钱。我挺走运的，我那位不是普通家庭出来的，他爷爷从前就在银行上班了。而且他本人也不吝啬。”她悠然伸出一只手，中指上闪耀着一枚小戒指，“看见没？他送的！”

“那你家里知道你要在这边嫁人了吗？”热尼娅针对她在乌克兰的过往放出了钓钩。

“家里……你还说呢！哪儿还有家呀……我离家都十年了。那时候还不到十四岁呢。”

“十四岁？你是跟父母闹矛盾了吗？”

“闹矛盾！”塔玛拉扑哧一笑，“我母亲是个金子一样的好人。爸爸是个船长，总是穿着白制服，戴着有帽徽的海员帽……”

她停了停，小小的脑袋里有什么念头活泛起来：

“我们当时住在塞瓦斯托波尔。船上发生了爆炸，父亲死了。我那时候还小。妈妈是个美人儿，过了一年就嫁人了。继父呢，你懂的，继父是什么玩意儿。他就是个败类，动不动就把我狠揍一顿，还总把我拴在床上。我母亲的工作要倒班。当着她的面他倒没什么，等她一走，他就扑上来。真是个畜生，变态。我没跟母亲抱怨过，我可怜她。等我长大了一点儿，他就开始纠缠我，一喝醉了就缠上来。他强奸了我，我就从家里跑出来了。你还问我什么家里？”

“可怜的孩子……你真是受了罪了……”热尼娅十分同情。

塔玛拉真名叫季娜，也确实受过罪。她甚至都不是从哈尔科夫市来的，而是来自哈尔科夫州的一个工业城市鲁比日内，来自那里的一家化工厂。她妈妈也不是什么金子一样的好人，而是一个搞生产工作、爱酗酒的单亲妈妈，她那个穿白色制服的爸爸也纯粹是想象出来的，那个在她童年时奸污她的继父也是——但这一切都是热尼娅两天之后跟塔玛拉沿着利马特河岸散步时才了解到的。

“没错。受了很多罪。我在姨妈那里住过，那是在布良斯克。我又干活，又读书。遇见了一个男人，他很有钱，也英俊。我们相爱了，决定结婚。都已经提交申请了，他还给我买了一条白裙子，还有钻石，需要的全买了。婚礼订了一百人的。光是鲜花就运来了价值一千美元的……婚礼当天的早上，他被人用枪打死了，就在车里，跟司机和保镖一起……”

塔玛拉的眼角抖落一滴小小的泪珠。她理了理头发，于是她那圆圆的老鼠般的小耳朵又露了出来。她的手指短短的，贴着长长的假指甲。她已经不那么年轻了，但那股稚气在涂了眼霜的眼纹映衬下依然楚楚动人……怜悯之情让热尼娅喘不过气来：塔玛拉都快三十岁了，还喜欢编故事玩呢……

“我在苏黎世这边有个女友柳达，从莫斯科来的。她以前也干我们这行，但不是在我们俱乐部，而是在‘威尼斯’。她嫁人已经两年了。老公是个银行家。她跟着他到处跑。他们在苏黎世有两栋房子，在米兰有一栋。当然，柳达可厉害了，会讲四种语言，什么都懂，音乐绘画都能聊。去年她回了一趟家。这可是谁都不会去做的事儿。”

“为什么啊，很贵吗？”热尼娅问的问题荒谬极了，塔玛拉哈哈大笑起来。

“跟贵不贵有什么关系呀？当然贵了。但主要是危险！要是不放人回来怎么办？大家在这儿过得都勉勉强强。房租要花两千。我们的衣服贵得可怕，一条短裤就要一百，胸罩要三百起步。要是买瓶洗发香波，就连吃饭的钱都不剩了。”她忽然醒过味儿来，张开五指，“唔，我当然过得挺不错的。就连遇到我未婚夫弗朗茨之前，我也是有顾客的……花一百瑞士法郎找我我肯定不去，一晚上要一千美元才行。但总的说来，在这里生活非常非常不容易……”

“你就没想过回去吗？”热尼娅又一次说了傻话，塔玛拉大声笑了起来，引得坐在一旁的一对情侣回头看。

“你怎么了，有毛病吗？我在那边能干什么呢？去车站接活儿吗？我在这里有职业，有生意，在卡巴莱餐厅工作呢！而那边还要再过一千年才能过上文明的生活。也许永远都过不上了……”

早已有人给她们在桌子上摆上了香槟。塔玛拉都没怎么注意，就自动喝完了。

“这是个酒鬼胚子。”热尼娅领悟到。

米歇尔在吧台跟一开始给他们叫来塔玛拉的那个摩洛哥姑娘坐在一起。那是个真正的美人儿。热尼娅跟米歇尔交换了眼色，被塔玛拉捕捉到了：

“这儿什么样的都有，黑毛子[1]呀，斜眼睛[2]呀。我跟女友起初跟两个黑人一起租房住。真是野人，无语死了。还吃生肉呢！其中一个后来死掉了，另一个搬走了。我们就让自己人住了进来。”她又醒悟过来：“这是老早之前的事儿了，现在我自己租套间住……”

门口的保安跟塔玛拉比画着手势。她精神一振：

“你回头再来吧。找米歇尔要我的电话号码，如果你愿意，我们白天可以逛一逛。我带你看看苏黎世……”

保安又朝她挥了挥手，她便向入口走去。那里有一个穿深色外套的人在等她……

接下来的一天很不顺利——热尼娅头疼，常吃的药都不管用。她干躺着，一直躺到了两点。后来路易打来电话，说他很快就到。热尼娅已经收拾好了准备进城，又等了两个小时他才姗姗来迟。他给热尼娅带来一个装着钱的信封，以供花销。

晚上十一点他们又一次出发，继续走餐厅、脱衣舞酒吧、卡巴莱餐馆这一路线。米歇尔又把热尼娅拉到一个昂贵的餐厅，一路上都在谈论法国式、瑞士式和德国式的富丽堂皇之间有什么细微差别。他感觉瑞士式的是最愚蠢的。总之他不爱国，几乎是在不停嘴地咒骂自己的国家。热尼娅暗自诧异，他一个自由的艺术家怎么不去别的地方呢，但她暂时还没问这个……

1　对中亚人和高加索人的蔑称。

2　对东亚人的蔑称。

XL 酒吧的拉达是热尼娅前半夜的主要研究对象。她身材肥胖，硕大的胸部微微下垂，相貌颇像个护士、保育员或是女理发师，也挺像单位食堂里的服务员、高级食品店的售货员，或是干洗店的验收员。同时，她还很像从谢罗娃[1]到采利科夫斯卡娅[2]的所有战后苏联女明星，有着漂染成白金色的头发，涂着闪亮的红色唇膏，心地宽广……

"你好，拉达。我是从莫斯科来的。米歇尔跟我谈过你，说就数你最了解这里的生活了，你对这儿的一切都门儿清。"热尼娅说了开场白。

"我们对这儿的一切都门儿清，"拉达微微笑了笑，马上又敛起笑容，"要是有什么搞不清的，那就全他妈完蛋了。懂吗？"

"你在这儿待了很久了吗？"这个问题很糟糕，不过必须得问。

"我在这儿三年了，之前我在西柏林工作。"

"哪儿更好呢？"

"这儿更好，都不用比较。无论是物质方面，还是其他各个方面……喝醉了的德国人是特别难搞的顾客。这儿的人呢，算得上完全不酗酒。这儿的人体面多了。至于外来的人，都是一群败类，在哪儿都一样。不过在苏黎世人渣少一些。这儿很贵，

1 瓦莲京娜·谢罗娃（1917—1975），苏联时期著名的戏剧演员、电影演员，人称"苏联的梦露"。

2 柳德米拉·采利科夫斯卡娅（1919—1992），苏联时期著名的戏剧演员、电影演员。

人渣不往这儿来。我对这儿很满意。”拉达答道，带着一种小地方的女教师般的威严。

“你不打算回家吗？”热尼娅好奇地问。

“以前倒是想过。不过现在不同了。我准备在这边嫁人。”拉达的微笑发自内心，悄无声息。

“怎么，要嫁给瑞士人吗？”热尼娅很高兴。

“嫁给一个银行家。他很有钱，不是个毛头小伙子，而且关键是他来自这里一个很好的家庭，他家祖祖辈辈都是银行家，他曾祖父还是……”——这段故事热尼娅已经听过了……

“他比你大很多吗？”

“他四十二岁了，但没结过婚。我三十四岁，也该过自己的日子啦……”拉达微笑着，红色的唇膏闪闪发亮，显得她的双唇光滑平整，毫无唇纹——是某种特殊的化妆品。“我想生个小孩。海因茨喜欢孩子。”

“那你又是怎么到国外来的呢？”热尼娅提出关键的一问。

“说来话长。”拉达神秘地微笑着。她每说完一个词都要笑一笑，所以总是在笑，就好像一种神经质的抽搐一般。“我去世的未婚夫的一个朋友帮了我。我很早就离开家了，当时才十四岁。工作过，也读过书。后来碰到了一个人——就跟小说里一样。他富有、英俊，是个音乐家，在艺术团里演出，全国各地跑。就在婚礼前一天——你想象一下！——他被杀了。说不定你在报纸上还读到过呢，这事儿可有名了。他的司机也被人开枪打死了。我知道后彻底崩溃了，在医院里躺了两个月，几次自杀。可他的一个朋友帮了我，把我招进他的伴舞团，我就跟着他们去巡演了。然后我就跑路啦。”她又露出那种冒着傻气、故作神秘的微笑。

“可怜的姑娘，你遭了多少罪呀，”热尼娅很同情，“大概也很多年没见过父母了吧……”

“什么父母啊？我父亲是一位远航船船长。我住得离这儿不远，你要是去我那儿做客，我就给你看照片。他是个美男子，制服白白的，是阅兵服呢……他死得很早，是被炸死的。我妈妈是个软弱没用的人，被娇惯坏了，你懂的，她是个远航船船长的妻子呀。她后来嫁给了我父亲的大副，可那人是个畜生，总是揍我，变着法儿侮辱我。等我长大些，他就把我给强奸了。我从家里跑了出来……现在我压根儿就不想回忆自己经历的这些……不过你看，还是挺过来了。而妈妈呢，在我跑了之后就死了……所以我在沃洛格达什么都没有了。那是个什么也没有的地方。”

米歇尔走来走去，给她们买酒喝。大家都心满意足。热尼娅拆了第二包香烟。明天又要头痛了……

“等我跟海因茨结了婚，我们就开始创业……我要开一个小俱乐部，不过要开在一个位置好的小区里。名字就叫‘俄罗斯俱乐部’，怎么样？这儿这个小区不咋地……我要自己从俄罗斯带姑娘过来。现在搞签证容易些了。”她突然精神一振，说道："我们这儿有个从莫斯科来的姑娘，叫柳达，我认识她，但跟她不是特别熟。我的闺蜜倒是跟她关系好。她已经离开脱衣舞俱乐部两年了，现在嫁给了一个银行家，过得阔极了。"

隐没在她胸间的小金链子上挂着一个小球。拉达把它扯出来，来回转着。

"是海因茨送的表。我再过二十分钟就要上台了。你等着看，绝对惊呆你。我的节目特别赞，非同凡响……等我表演完就回来……"然后她露出一个微笑大特写。

有各种脱衣舞：纯脱衣舞（也就是无实物表演的脱衣舞）、有实物表演的脱衣舞、双人脱衣舞、男子脱衣舞、女子脱衣舞，以及脱衣舞专场，即给贵客专门从头到尾地演一遍——要单独收费……

拉达带着一把椅子出场。椅子就是她的性伴侣。她爱抚它、舔舐它。她的舌头硕大而鲜红，上面挂满银色的舌环或是小铃铛……似乎是椅子在为她除去手套、袜带和内衣。她的肚脐眼处是一块四十克拉的人造祖母绿。拉达正以一种艺术家般的狂热与激情献身于这把心爱的椅子。

掌声四起。有人请拉达喝酒，还有人请她再舞一曲。拉达今天情绪高昂——米歇尔也跟热尼娅谈到了这一点：

"她今天表演得好极了。本来应该今天拍摄的……她是个经验丰富的演员，不怵镜头。"

唔，原来其他人会犯怵，这可真有意思。当着满满一屋子的老爷们儿倒是不犯怵……

演出结束后过了一个半小时，拉达才回到热尼娅身边：

“喏，你觉得怎么样？”

“拉达，棒极了！你是我这辈子见过的最好的脱衣舞演员。”热尼娅统共只见过两个脱衣舞演员，就是昨天和今天见到的。昨天见到的那个也不差。

她们又坐到桌旁，重弹那一套老调，什么当船长的爸爸啦，什么强奸犯继父啦，什么未婚夫啦……真奇怪，同一个故事又讲了一遍。

可拉达其实名叫奥莉加。她来自伊万诺沃，毕业于职业技术学校，当过纺丝女工，干了半年没发工资，就去了圣彼得堡打短工，也就是当妓女。钱挣得很多，一晚上顶在工厂干半个月的——两天后，当她们坐在咖啡厅——（也就是列宁当年吃过果馅卷饼的那家）时，拉达才吐露这些实情。而现在她们谈的是在这里的生活。

“您别听我们这些姑娘的。靠我们的工资在这儿根本过不下去——只够付房租和买衣服的。这儿的服装可贵了……”

服装指的是带有闪光亮片的内衣和缀满玻璃饰品的胸罩或是其他什么皮制品……还有舌头上的小铃铛，以及祖母绿……“她们的工作服。”热尼娅暗自微笑。

“至于靠什么维生，怎么都行，”拉达半是抱怨半是炫耀地说，“比方说我吧，我有自己的主顾，一晚上一千美元呢。要知道，我们这些姑娘呀，”她鄙夷地撇了撇嘴，“都只要两百法郎就跟人走。而且我只在这儿干到秋天。秋天我就跟海因茨结婚，然后创业。他是个银行家，很支持我……我在这儿有个女友，是从莫斯科来的柳达。她也在我们这儿干过，后来嫁了人，搞起了自己的事业……”拉达醉得说起了车轱辘话。

这是自然了，对她们而言酗酒是一种职业病。“应该让米歇尔介绍我跟这个柳达认识一下。”热尼娅暗下决心。

原来，米歇尔跟柳达很熟。她现在出远门了，只要她一回来，他一定会介绍给热尼娅的……

热尼娅继续每晚上夜班。第二天、第三天、第四天过去了，她见了来自里加的阿埃莉塔，来自萨拉托夫的艾玛，来自沃尔霍夫的阿利萨，来自塔林的阿琳娜……她每晚都坐在酒吧里，跟姑娘们喝点小酒，谈天说地。她一到晚上就吃醒酒药，早上也吃。她还把每晚的谈话记下来，跟姑娘们见面，一起散步——也就是陪她们去高级咖啡厅，用米歇尔的钱请她们吃甜点（电视台会付账），一起聊啊聊。她们喜欢谈论自己的事，而热尼娅有着学者的习惯，总是要去分析她们那些简单朴素的谎话，从中总结出经典套路……

米歇尔只在晚上才现身。尽管他依旧很招人喜欢，举止却很怪异。有一次，他突然从妻子埃斯佩兰萨的衣橱里拿来一大堆衣服扔到热尼娅的床上，说：

“这些该死的破衣服谁也不要！一大笔钱都投到这上面了！

这可怜的丑女人！”

然后他哭了起来。热尼娅还是什么都没问。还有一回，他跟热尼娅一起去酒吧工作，起初满面愁容地坐着，然后不知去哪儿待了三个小时，直到快关门了才回来，脸上全是某种炭黑色的污点……眼睛也再次闪着天蓝色的光……热尼娅从没见过这样的人，眼睛的颜色能在一周之内变两次……他送她回去，一路上都开心得像条小狗。

“这是神经衰弱吧，所以情绪起伏才这么大。”热尼娅心想。

他们走到膳宿公寓门前，米歇尔说：

“要是你愿意的话，我就留在你这儿。怎么样？”

热尼娅笑了起来：

“米歇尔，你都能算我儿子辈的人了……”

“这不重要……只要你说‘行’，我就留下……”

“不行。去睡吧……你累了……”

“不要……我去塔玛拉那儿睡……或者去阿埃莉塔那儿……”

终于召开了工作会议：制片人路易带来一个公文包，米歇尔沉浸在一种异乎寻常的兴奋之中，热尼娅则带来十张写满小字的纸。

“我有七个人物，”热尼娅开始说，“七个真实的故事，其可信性我无法保证，但可以说是七个接近真实的故事。另外还存在一个元故事。而这正是你米歇尔没有的那把钥匙。因为一开始所有姑娘讲的都是同一个编造出来的故事，里面有慈母，有慈父——有五个故事里都把父亲描绘成穿白制服的船长。接下来，父亲死了，继父很坏，自己在少女时期被强奸——通常就是被继父强奸的，离家出走，遇到爱人，未婚夫突然去世导致婚礼没办成……”

米歇尔试图问问题，可热尼娅用手势阻止了他：稍等，让我先讲完……于是他只是不耐烦地在椅子上动来动去……

“未婚夫死后，他的一个朋友出现了，帮她出了国。而这个人其实是个恶棍，把她往职业妓女的路上推。不过如今她刚巧遇到了一个特别棒的人——这个新未婚夫通常是个银行家，不过有时候会是企业主——他们很快就要结婚了……

“想必她们都读了同一本书，或是看了某部让她们印象深刻的电影吧。米歇尔，你是对的，我们正跟一种非常孩子气的人打交道，她们身上确实有着很多动人的地方……最后我能说的是：所有的，或者说几乎所有的姑娘都提到了莫斯科来的柳达。她有点像个当地的女英雄，一个神话人物。应该跟她见见面，我感觉她正是未来剧本的关键性人物。”

米歇尔跳起来，扑向热尼娅，连连亲吻她：

“真是绝了！鬼才拍什么纪录片！那个穿白制服的船长父亲，强奸犯继父……还有那个离家出走的小姑娘，俄罗斯版的洛丽塔……”米歇尔站在房间中央，摊开双臂，眼泪流了下来（他的眼睛今天是黑色的），“她站在路旁，招手搭车，身旁开过一辆辆履带车，德国来的装载履带车，没有人停下来，天还下着雨……还有婚礼前夕被射杀的未婚夫……俄罗斯黑帮……真是绝了！能冲奥斯卡！让娜塔莉·波特曼来主演！吼吼！”米歇尔呻吟起来，捂着心口，然后又跳起来，再次扑向热尼娅，连连亲吻她：

“这片子会像陀思妥耶夫斯基的作品一样！甚至会更好！至于柳达，我们今晚就跟她见面。她昨天回来了，给我打了电话……尽管我们完全不需要她……我已经不想拍什么纪录片了！咱们拍故事片吧！让那个破纪录片见鬼去……”

路易无动于衷地坐着。等米歇尔说完这一篇热情洋溢的自言自语后，他把胖胖的手掌一摊，噘起嘴说道：

“米歇尔，你想怎么着都行……不过我是不会参加这个项目的。我是被雇来给瑞士电视台制作纪录片的。可这个项目……得花上半年甚至一年时间来拉投资……这回我可不会再投自己的钱给你了……”

米歇尔笑了起来：

“路易呀，你真的像个小孩！热尼娅会把剧本安排好，让其中四分之三都在俄罗斯拍。咱们在那边雇人，那边什么都便宜得很！咱们雇个俄罗斯摄影师——他们是有几个天才的摄影师的！还有作曲家也是！画家也是！技术和胶片还是用咱们自己的。一部电影花不了几个钱！你懂的！”

“不，不是的。这主意太荒唐了。”路易不肯让步。

“很好！你不信，也不需要你信！热尼娅来写剧本，等剧本好了咱们再谈。剧本的稿费我自掏腰包。就这么着吧！”

接下来一切都以电影般的速度飞快运转起来。跟柳达的会面定在她曾经工作过的那家卡巴莱餐厅里。热尼娅跟餐厅的老板娘已经认识了，那是个上了年纪的德国女人，早在60年代就从东柏林跑了出来。她名叫英格博格，已经飞黄腾达——从普通的卖笑女摇身一变成了老板娘。她是个不错的大妈，姑娘们都爱戴她。柳达是她最好的作品，她很为之骄傲。

他们等了柳达很久——她迟到了一小时才现身，是一位高个子的金发女子，牙齿尖尖的，鼻梁塌塌的。她漂亮得宛如年轻的死神，优雅得像高级时装模特。丈夫在她身边，只到她胸口，活像块粉色的小圆面包。他有一张和蔼又快活的脸。两人多次深情地热吻。米歇尔吻了吻柳达的手。热尼娅早已明白他的做派，知道这种刻意强调的尊敬恰恰泄露了他们之间曾有更为亲密的关系……

柳达说起话来，真是无与伦比的优雅——她同时说四门语言：跟热尼娅说俄语，跟米歇尔说法语，跟英格博格说德语，跟自己丈夫则说意大利语，因为他是洛迦诺[1]人。

“柳达，您真是个语言学家！”热尼娅赞叹，“您几门外语都说得这么好……”

1 位于瑞士南部的城市，居民多说意大利语。

"我哪是什么语言学家呀，我上的是莫里斯·多列士外语学院[1]，那儿可不培养语言学家，而是培养口译员……和翻译官……"柳达微微笑了笑，露出尖尖的牙齿。热尼娅更为惊异了：尽管她的外貌颇为时髦，却难掩一股风尘女子的淫荡，可她又有着莫斯科上流圈子女性的谈吐。看样子，还真就这么矛盾。

柳达的故事跟其他人的都不一样：她出身于一个体面人家，爷爷是教授，家里在克鲁泡特金街有套房子。父母都是受人敬重的人。她小时候根本没被强奸过。相反，她上的是音乐学校，参加过学者之家的兴趣小组，还学过艺术体操……以优异成绩从研究院毕业。起初她跟同班同学结了婚，婚姻很幸福，后来出国工作。她受了很重的情伤：丈夫原来有同性恋倾向，抛下她跟一个小年轻跑了，导致她情绪崩溃，丢了工作。再找工作很难，她就去跳脱衣舞了。在苏黎世这边生活费用很高，挣的钱只够交房租，于是她晚上在脱衣舞俱乐部工作，白天则做翻译，这才能勉强维持生活。后来她就遇到了奥尔多，就是在这家俱乐部里跟他认识的。他是个银行家，颇有家财，所以她的日子过得挺顺心……

"她的酒喝得也不赖。"热尼娅注意到。柳达来的时候面带倦容，而在她们谈话期间喝下去了四大杯香槟。

热尼娅中途去上洗手间。在那儿她碰到了一个小小的意

---

1 即今天的莫斯科国立语言大学，1964 年至 1990 年间，为纪念去世的法国共产党领导人莫里斯·多列士，学院以他的名字冠名。

外：卫生间里的服务员，也就是“dame pipi”[1]，原来也是从俄罗斯来的。看样子，她属于那种没能有所作为而又不甘心离去的人……热尼娅完事之后，习惯性地跟她攀谈起来。正如热尼娅所料，她来自克拉斯诺达尔，在德国工作过，现在来了这里……

热尼娅站在镜子旁边，看着镜中的自己，自语道：亲爱的，你又是被带到哪儿了呢？

正在此时，柳达走了进来，优雅地微微摇摆着，在每个门把手前都轻轻转　转身子……她醉得一塌糊涂，冲到小隔间里，吐了一阵，撒完尿后走了出来。那个“dame pipi”立刻塞给她一个杯子。柳达漱了漱那张牙齿尖尖的嘴，喷了喷除臭剂，然后坐到了小沙发上。这时她看见了热尼娅，脸上的殷勤之色登时一扫而光，像卸了妆一样……她抽起烟来，撇了撇嘴，突然用妓女的口吻对热尼娅说：

“你这个婊子，在这儿干啥？谁花钱让你来的？你到底想要啥？”

看样子，她是喝断片儿了，喝醉了的人经常这样。热尼娅温柔地回答她：

“柳达，我在写一个剧本，讲在苏黎世的俄罗斯姑娘。而你在这儿是个了不起的女中豪杰，大家都在谈论你——莫斯科来

1　法语，意为：公共厕所的管理员。

的柳达……”

“那你是用笔写下来呢，还是用录音机录下来？”柳达换了个语气问道。

“唔，我倒是有录音机……”热尼娅承认，“但我只想跟你聊聊天而已，嗯，就是好好聊一聊……”

柳达突然变成了一个彻头彻尾的泼妇。她试图站起身，却“咚”的一声坐到了小沙发上：

“嘿呀，你这个公家的母狗，想把大家伙儿都卖了吗？在老家跟踪我们，在这儿又找上门来……我要撕烂你的嘴……”她还抖了抖肩膀，仿佛一个正在扮演流氓的电影演员。

这时，热尼娅忽然歇斯底里地哈哈大笑起来。

“柳达呀，我的小妹妹！”她边笑边高喊起来，“你这是把我当成什么人了？你怎么，傻掉了吗？还是你以为，我这辈子就没遇到过操蛋的事儿？”

热尼娅抱住柳达的肩膀，后者把头垂到她肩上，痛哭起来，在嚎啕声中突然讲起了那个熟悉的故事，但跟那些天分不足的同行相比，柳达的表述更为生动。

“那你有没有为了挣三个卢布，在三个车站给人口交过？你有没有被轮奸过？你在大门口被人干过吗？没错，我就是莫斯科来的柳达！我就是那个出人头地的婊子之王，操他妈的！只不过我既不是柳达，也不是莫斯科来的！我是图拉来的卓雅！我家亲戚里没有什么教授。我倒是在一个犹太教授家里当过女佣——没错，是去干活！送他们的小孙女儿去学者之家上兴趣班……我家里人全是些矿工。我老爹、我继父都是，我妈妈到现在还在矿上干活呢，当调度员。我那个酒鬼继父正在坐牢，不过大概已经死掉了。我11岁时他强奸了我……我从中学毕业时确实得了金质奖章！……还考进了研究院！可自从我在国立酒店被警察抓了之后，研究院就让我滚蛋了……还好没让我坐牢，他们整个分局的人都上了我，然后就把我给放了……要不是我从一年级起就不得不靠卖来挣钱，兴许我还能当上教授呢。我学语言特别上道，不费吹灰之力……我靠耳朵留神听就全明白，不用课本……”她吐出长长的粉色舌头，把她这个专业又发达的工具转了转。

接下来的故事按部就班：遇到未婚夫，婚礼前夕的谋杀，居心不良的保护人……

醉意盎然，涕泪横流……她打着嗝儿，把防水睫毛膏涂在了凹陷的脸颊上。

“柳达奇卡，你别哭，”热尼娅抚摸着她的肩，“你依然是这里最走运的。姑娘们都羡慕你呢。你既有生意做，又有丈夫奥尔多……”

“你这个该死的作家，”她哭得更伤心了，“真是屁也不懂，还人类灵魂的工程师呢！没错，他娶了我！我给他当牛做马，光是今天就在三个客人身下伺候。四百法郎——全套服务……其中一个客人是个六十多岁的阿拉伯人，一个双性恋败类。第二个是个巴伐利亚来的德国人，一毛不拔。我给自己倒了杯矿泉水，他还问：那谁来付这个水钱呢……第三个，”她哈哈大笑起来，“是个小宝贝儿！一个年轻的小日本，那方面毛用都没有。不过可真有礼貌……至于什么一晚上一千美元——没这回事。不过是这儿的傻妞们的痴心妄想。可能只有娜奥米·坎贝尔[1]才能拿到那么多钱……”

热尼娅把柳达从卫生间拖了出来。肤色粉扑扑的奥尔多不怀好意地看了一眼柳达，于是热尼娅便相信，她刚刚说的全是真的……

又过了一天，热尼娅离开了。她已经跟米歇尔签了创作剧本的协议。这狗屁一样的人生。多么贫乏简陋的谎言。而真相则更为贫乏简陋。可米歇尔想要的是童话故事，是都市浪漫曲，是写给穷人的通俗剧，是全世界所有姑娘的幻梦，无论她们是淳朴老实的、贪得无厌的、不大聪明的、心地善良的、残忍冷酷的还是遭人哄骗的……

热尼娅拿到了一千美元的预付款，正是那些姑娘梦想着能一晚上挣到的金额……

她回了家。家这边一切都是实实在在的，很艰难，很紧张。她去上班，创作剧本。在莫斯科这个故事显得更加荒诞和无用了。

1 娜奥米·坎贝尔（1970— ），英国超模。

一个半月后，路易打电话来，说米歇尔死于过量注射海洛因，就发生在他妻子埃斯佩兰萨葬礼的转天，而她则是在诊所里死于艾滋病。路易哭了，热尼娅也是。这场闹剧可算是结束了，一切也都得到了圆满的解释，包括米歇尔眼睛的颜色：呈现蓝色是因为瞳孔缩成了小针那么大，呈现黑色则是因为瞳孔扩张，占据了整片虹膜——这都取决于毒品剂量的大小……

生存的艺术

1

这些该死的西葫芦在脑海中挥之不去好几天了。终于买到了五根浅色有光泽又笔直平整的……夜深的时候把它们炒了炒，早上匆匆忙忙地做好了调味汁，让格里什卡顺路把食物给莉莉娅送去。除了西葫芦，还做了甜菜沙拉和奶渣膏子。莉莉娅几乎没有牙齿了，脑子也不多，美貌也所剩无几。事实上，她只剩下庞大衰弱的身躯和默默无言的善良心地。她的那份善良是在她生病之后才安静下来的，当她还健康的时候，她的善良可是喧哗着，叫嚷着，高喊着，甚至有些强人所难地供给别人使用。而且但凡愿意用的人也都用了。好笑的是，莉莉娅娘家姓阿普特克曼，职业则是药剂师[1]，就是那种旧式的制药师傅。她

1　俄语中姓氏“阿普特克曼”与“药房”是同一个词根。

在一号窗口坐了三十年班，对所有人一视同仁地微笑，努力为大家搜寻和搞到需要的一切……然后她就突发中风，已经有三年的时间在家里一瘸一拐地走路了，拄着带扶手的高级进口拐杖，拖着不听使唤的左腿。左臂如今也更像是摆设——干不了活儿了……

热尼娅从小就受不了莉莉娅·阿普特克曼。她们住在一条老街上的同一个院子里，那条街曾三次换过名字。她们的父母彼此认识。甚至还有人说，热尼娅的祖父在八十多岁的时候追求过莉莉娅的祖母，一个大概六十五岁的小老太太。但热尼娅不怎么相信这回事：祖父很有学识，是个受人敬重的耳鼻喉科医生，喜欢听舒伯特[1]和舒曼[2]的音乐，能用拉丁文读西塞罗[3]的演讲稿，而莉莉娅的祖母总是笑眯眯的，性情柔顺，活像个长了耳朵的床头小柜，还一口悦耳的乌克兰小地方口音，他能图她什么呢？那时候，莉莉娅聒噪又粗鲁，贪吃又八卦，让热尼娅忍无可忍。可莉莉娅总是想跟热尼娅交好，只不过热尼娅从不让她接近自己。

她们分别后多年没有见面，也完全没有想起过彼此。或许到死也不会想起，要不是十年前，热尼娅为给病重的母亲搜寻一种稀有又紧俏的药而找遍整个莫斯科的话。当时某个关系

1 弗朗茨·舒伯特（1797—1828），奥地利作曲家。

2 罗伯特·舒曼（1810—1856），德国作曲家。

3 马库斯·西塞罗（前106—前43），古罗马哲学家、政治家、演说家。

疏远的女友答应通过另一位关系疏远的女友搞到这种药，对方是个女药剂师。但即便这时热尼娅也没料到，这人竟会是莉莉娅·阿普特克曼。然而这位暂时不知姓甚名谁的女药剂师自己突然打电话来，确认了用药的剂量，又跟某个人求了情，在某个地方下了单，一开始没搞成，在初次来电后过了两周，她又自己打过来，愉快地通知说药搞到了……热尼娅的母亲那时候已经开始服用另一种负担更重的药剂，情况很不好。热尼娅成天在医院里待着。这位陌生的女药剂师带着药不请自来，还说她是顺路来的，自己就住在两站地外……

热尼娅给这位戴着漂亮眼镜的陌生胖大婶开了门。对方马上大喊起来：

“热涅奇卡！我当时立马就觉得声音很熟悉嘛！我亲爱的！敢情我是给塔尼娅阿姨搞长春新碱[1]呐！哦，我的天啊！热涅奇卡！你真是一丝一毫都没变呀！还有腰也是！这小腰！你认不出来我了？难道我变化这么大？我是住十八号的莉莉娅·阿普特克曼呀！”

热尼娅迷惑不解地看着这个在眼镜下化了浓浓眼妆的胖女人，试图弄清楚她究竟是像谁，或是像什么……胖女人还在继续开心地大声嚷嚷，从手上脱下不成对的手套，把两个包放在地板上，又从第三个包里取出几个装药的硬纸盒，查看上面的

1　一种生物碱，主要用作抗肿瘤药物。

说明……

“莉莉娅·阿普特克曼！多少年没见啊！”热尼娅颇为无精打采地回应。

她全都回想起来了——那个不是嚼着煎包子，就是嚼着奶渣饼的胖胖的小姑娘，她的美女姐姐，还有她父亲，一个身材魁梧、红脸庞的经济主管，被公务车载着跑，有一回被车拉走，一去就是五年之久……热尼娅甚至还想起来，莉莉娅的父亲完事回来的时候已经变成了一个垂头丧气的小老头。他后来就坐在长凳上，混迹于那些爱玩多米诺骨牌的人之间，还一起喝酒。热尼娅脑海中甚至不经意间浮现出一个画面：莉莉娅那时已经成了一个胸部丰满的大姑娘了，正领着自己那喝得醉醺醺的父亲回家，伤心地哭泣着……其他的热尼娅就什么都不记得了，因为后来阿普特克曼一家不知搬去了什么地方……

“莉列奇卡[1]，你脱衣服呀，干吗在门口站着？”热尼娅把鼓鼓囊囊的包从地板上拿起来放到凳子上，伸手去脱莉莉娅身上那件毛茸茸的破外套，外套沉甸甸的，跟墓碑一样。而莉莉娅还在继续大声念叨着：

“我是要进来的，我当然要进来。正巧有空，这可不常有——一般我在家都忙得团团转，可现在放假，我打发女儿们去参加全俄戏剧协会的冬令营了，我家弗里德曼也出差了……

1 莉莉娅的昵称。

哎，热涅奇卡，找到你我可真高兴！你现在就跟我好好聊聊。你总是那么与众不同！你从来都是最聪明的那个，而我老是傻了吧唧的……还经常怨你不肯跟我好。要知道，你是我最好的闺蜜：很多很多年里，算是整个童年吧，我在睡前都会跟你说话。现如今我可以说实话，向你坦白了……”

莉莉娅说得飞快，声音洪亮，表情丰富，就像一个三年级学生在背诵一首小诗。

“你想吃点东西吗？要不我给你上点茶？”热尼娅疲惫地问。已经十点多了，可要做的事还多着。

“不，我不吃……要不稍微吃一点……茶我当然要喝点……”

于是热尼娅无奈地去了厨房，莉莉娅跟在她身后，男式家常拖鞋响亮地啪啪作响。

“不，你想想看，竟然会发生这种事。我给中央药房打了电话，给克里姆林宫药房也打了，动用了我所有的关系，跟所有人都说是我一个亲戚需要吃这个药。敢情还真是这样——你对我来说就像亲人一样啊。塔尼娅阿姨真可怜！你知道的，化疗很有效，可过程太让人难受了。”

热尼娅点了点头。她已经明白，如今让母亲奄奄一息的不是癌症，而是吞噬恶性细胞的化疗，肿瘤似乎是消散了，可生命消逝得却更快了……

“而我总是朝你们家的窗户里看：你坐在钢琴旁边，弹着琴，钢琴上放着两个烛台。墙上还挂着一幅画儿，画着森林的景色，那画儿可真漂亮，装着金框子……我还记得你的曾祖父，他戴着黑色的帽子，口袋里满是薄荷糖……他有时候会去鞋匠店，拿着一网兜的旧鞋，还会在院子里停下，把糖分给孩子们吃……”

热尼娅感觉就像被刺痛了一样：这些回忆只属于她自己，世上除了行将逝去的妈妈，没有人能记得这夏日里的一幕——回忆的探照灯照亮了院子，院中央站着曾祖父，他生于1861年（也就是废除农奴制那年），死于1956年……他头戴一顶黑帽，白胡子剪得短短的，下面露出灰蓝色条纹领带的大领结……还有那装着旧鞋的网兜，口袋里的糖果——这些都是真实的，但这种真实是私密的，独属于热尼娅的。可是原来世上竟还有一个人能够确认并且证明，那段被新阿尔巴特街的沥青野蛮地碾碎的生活并不是她一个人的杜撰……

“莉列奇卡，你竟然还记得？”

“当然了，我都记得，一丝儿不差……还有你们家的保姆娜斯佳，小猫穆尔卡，餐厅里铺着方格毛毯的小沙发……还有你们家奶奶，阿达·马克西米利安诺夫娜，真是位气派的太太，总穿着千鸟格花纹的衣服……是个真正的洋女人……”

莉莉娅抽了抽鼻子。

“她是个波兰人，”热尼娅低声说，“没错，她确实爱穿格子衣服……”

这时，莉莉娅摘下眼镜，拿出一条深色的男式手帕去吸干流下来的睫毛膏。她动作利索又灵巧，还用手指把粘在一起的睫毛理了理，然后取出化妆包，从中拽出一个小纸盒，里面放的是国产的劣等睫毛膏、油腻腻的眼线笔和一面圆形小化妆镜。她咬住嘴唇，开始在晕开的妆容上补妆……补完后，她把自己那套可怜的化妆品放回去，塞进包里，像学生似的，乖乖把跟她的身材相比颇为娇小的双手交叉着，讲了起来……

“热尼娅，我非常幸福。有个好丈夫，女儿们也是美人儿。”

她这番话的形式和内容实在是对不上，因为语气分明极为忧伤。莉莉娅叹了口气，补充说：

“我大儿子还在的时候，我曾经更幸福。他死了，十岁的时候。”

这时热尼娅第二次被刺痛了。

“他是个……是个天使。那么好的人是不常有的。我下班回来，他躺在沙发上，已经没气儿了。他长了个动脉瘤，可谁都不知道，”莉莉娅解释，“他一直是个健康的孩子，从来不生病，谁想到放学回来突然就没了。要不是我的女儿们，我早就上吊了。她俩当时只有一岁半……”

隐隐的怀疑在热尼娅脑海中闪过——她已经听到过一回关于死去的孩子的故事了……

“那她俩……还好吗？”

“谢天谢地！我刚跟你说了，她俩出落成美人儿了。”

她戴上眼镜，用化着浓妆的眼睛扫了一眼热尼娅，重又在小包里一通翻找，拿出一张在照相馆里拍的照片：两个年轻甜美的小妞儿端坐着，梳着整整齐齐的刘海，淘气地噘着嘴唇，矫揉造作地把完美无瑕的脖颈伸向彼此……

“但我想跟你说的是别的事儿，热涅奇卡。我是靠着上帝的帮助才活下来的。

“是谢廖沙引领我走向上帝的。他死后半年，我受了洗。我家亲戚——我爸已经不在了——我妈、她的姐妹们和七大姑八大姨们，都不再跟我说话了。可后来一切都好起来了，我也开始觉得舒坦了，也就是说，虽然还是挺糟糕的，但谢廖沙通过我们的上帝跟我待在一起，我能清楚地感觉到他的存在。而且我知道，上帝应许了我们这些基督徒，不是在这辈子，而是在下辈子，谢廖沙会以天使般的面容迎接我……只不过我还是有一件事搞不定——还是老哭。做饭的时候，坐在窗边的时候，跟别人讲话的时候，还有就连坐电车的时候也是，我自己甚至都没发现眼泪在流，连别人都看见了。我想了又想，决定开始化眼妆。一流眼泪，睫毛膏就刺得眼睛疼，我就马上能感觉到。这都十二年了，还流眼泪呢……我已经习惯化妆了，早起第一件事就是化妆……”

热尼娅又被击中了，鼻子里一阵刺痛。

莉莉娅亲切和蔼的双眼化得像个下流的妓女一样，可神情显得那么幸福开朗，仿佛她自己已经拥有了理应属于她那死去的谢廖沙的“天使般的面容”……

莉莉娅说个没完没了，等她们再一看表，已经快到半夜一点了。

“哎呀，我怎么这么爱闲扯啊！”莉莉娅难过起来，“我把你都说烦了吧！不过能聊聊天可真好，热涅奇卡。电车大概都没了吧。”

热尼娅提议她留下来过夜。莉莉娅愉快地同意了。她津津有味地嚼着剩下的烤奶渣，吧唧着嘴吃完了，还喝了茶。凌晨两点钟，热尼娅给她把穿堂里的沙发床铺好。她脱下跟消防车一个颜色的厚上衣，对热尼娅说：

“热涅奇卡，塔尼娅阿姨受过洗吗？”

“我爷爷奶奶信路德宗。至于我妈妈，我不清楚。”

“怎么会呢？”莉莉娅大为诧异。

“我家的老人们是在革命之前结的婚，他们俩都改信了路德宗。我爷爷出身于犹太家庭，奶奶是个天主教徒，不这样的话他们没办法结婚……而我妈妈不信教。我甚至不知道她受没受过洗。如果受过洗，那她就是路德宗信徒……”

“竟然是这样？”莉莉娅诧异道，“真想不到她信路德宗……不过无所谓，反正路德宗信徒也是基督徒。我给塔尼娅阿姨请个神甫来吧。”

热尼娅看着莉莉娅那在被子下舒适地躺着、凹凸起伏的庞大身躯，又看了看她卸妆后满是皱纹和痦子的苍老脸庞——她感激的微笑有一半隐没在凹陷的枕头里。

她真是个好女人啊，热尼娅心想。

莉莉娅从枕头上微微抬起身，抓住热尼娅的手：

“热涅奇卡，神甫还是要请的。必须得请。不然你以后不会原谅自己的……”

是的，没错，她很好，热尼娅心想。她小时候就很好，只不过极为无知。如今她那些冒着傻气的精力可算是找到出口了。真奇怪，这出口竟然是基督教……

塔季扬娜·爱德华多夫娜[1]在当天夜里就去世了，所以无论是药物还是神甫都用不上了。

莉莉娅在葬礼上哭得很伤心，边哭边擦流淌的睫毛膏。她难过的是自己来晚了，没能给塔季扬娜·爱德华多夫娜请神甫，也没能跟她告别。可热尼娅哭不出来，只是一直把自己冰凉的手放在母亲更为冰凉的额头上，在脑海中开列一个长长的清单，上面都是她这辈子没能为母亲做的事……她是列清单的能手……

莉莉娅赖在了热尼娅家里。后者没把她当成女友：莉莉娅起到的是亲戚的作用，而且是大家伙所有人的亲戚。热尼娅也就投降了。她也发过脾气，对莉莉娅给予的精神关怀和医学关怀，以及她孜孜不倦、自己炮制的基督救世宣传避之不及，有

1　即热尼娅的母亲塔尼娅。

时候还会大声呵斥她，可还是无法不被她那不知疲倦、时刻乐于助人的精神所深深感动。热尼娅对莉莉娅奇特的生活了解得越来越深入：后者是奉献型人格，总是关怀着、舔舐着、照看着别人，而且不仅限于她那骄傲自大、不大聪明的丈夫和任性好动的女儿们，她也一样忘我地为闺蜜们、朋友们乃至往她的一号窗口递药方的顾客们服务，给认识和不认识的人一包包地带药。当受了她恩惠的人塞给她巧克力或是香水的时候，她还会委屈生气，把脸涨得通红……她的日子过得勉勉强强，总是精疲力竭，东奔西走，睫毛膏跟不受控制的泪水混在一起，让人揪心……她就这么年复一年地奔走着：给某个人带个什么东西呀，拜访某几位老妇人呀，不管去哪儿总是迟到，甚至连周日去做礼拜也迟到，那可是她一直死乞白赖地邀请固执的热尼娅去的……

后来她中风了，于是坏事纷至沓来：丈夫去出差，迷上了一个小媳妇，忘记回来了……女儿们被这接二连三的事搞蒙了，怎么也想不通，生活怎么会用这种烂事对待她们。妈妈如今不能每天早上给她们榨新鲜果汁喝了，没法洗衣熨衣，也没法买菜做饭，总之什么都做不了了，而且反过来还期待着她们能去做那些她们没学过的事。于是她们支吾搪塞着不肯做这些让人瞧不起的活计，互相推诿，总是吵个不休。

莉莉娅花了很长时间复健。她过着英雄般的生活—— 一连几个小时揉搓、拉扯瘫痪了的左臂，做某种怪模怪样的中式体操，用鬃毛刷子擦拭自己萎缩的身体直至精疲力竭，还手脚并用地滚圆球，于是不知怎么就逐渐能站起来了，还重新学会了走路，以及用一只胳膊凑合着穿衣服。

热尼娅起初总是躲着不去莉莉娅家，现在则常去看她——有时带去一些简单的吃的，有时候偷偷放下点儿钱。她惊讶地发现，有很多人（其中大部分是教会圈子里的）常来看莉莉娅，陪她坐着，带她出去散步，帮她料理家务……她的女儿们是指望不上的——她们正狂热地沉湎于青春生活，拥有的各种机会就像分类广告报纸上那么多。有时候她们会一时兴起做做家务，立个大功：打扫卫生或是做个午饭，每次都不知是等着人表扬呢，还是等着人给她们发勋章……莉莉娅每次都表示感谢，暗自开心，还告诉热尼娅：

“小伊拉煮了素的红菜汤！真好喝呀！”

“你这话怎么说的？难不成她还真会煮汤？”热尼娅很生气。

莉莉娅则总是温顺地微笑着，辩白说：

“热涅奇卡，你别生气嘛，都是我自己的错。谢廖沙死了之后，我就跟疯了似的。溺爱起她俩来也跟疯了似的……如今还能对她们提什么要求呢？”

莉莉娅现在说话声音小小的，慢慢的。她昔日的精力如今全用在挪着步子去卫生间、单手穿裤子、凑合着洗脸和刷牙上面了。用一只手把牙膏挤到牙刷上也是需要学会的事。热尼娅出于怜悯差点没哭出来，可莉莉娅却总是露出有些歪斜的微笑，解释说：

“我这是跑得太多了，热涅奇卡。这不，上帝命令我坐一坐，反思一下自己的行为。我如今正反思着呢。”

她安静极了，容颜衰老，头发花白，也不再化眼妆了——这门手艺她已经丢了，因此泪水有时会从她黯淡无神的眼睛里流出来，不过这不重要……热尼娅离开时瞄了一眼镜中的自己——气色很好，看起来不会超过四十五岁的样子——然后沿着楼梯往下跑。她没空等电梯，事情还多得很，清单还长着呢……

2

这个小本子不是记事本，而是办公用的那种，黑色封皮，没有任何浮华矫饰，开本也足够大，快有 A4纸那么大了。要是还有人不懂，也没有必要跟他解释了。小本子里有三栏：字母 И 下面记出版方面的事，字母 Д 下面记家务事，字母 ПР 下面记其他的事。

第一栏里的事办得都还算顺利——热尼娅半年前请了一个名叫谢廖沙的助理，那是个年轻小伙子，比格里什卡年纪小。付他不少薪水，不过倒是很值得：他逐步接手了所有印刷事宜和部分经销业务。热尼娅总算能缓口气……

字母Д下面的事情则办得不太顺：那辆旧车过去整整一周都在出毛病，显然得送去修理了，或者干脆卖掉……洗衣机彻底坏掉了，得叫人来修，又浪费一整天。或许买台新的更省事，把这台扔到垃圾场里去。清单里还有几项难办的事。热尼娅想了又想，决定是时候雇一个保姆了，尽管她这辈子没雇保姆也过下来了。于是她在第二栏下又添了一项：ДР[1]。这样一来，如果能把大部分的家务事都移交给保姆，就能去完成其他事项里的那十八件事了。其他事项里是一些早就记下又不完全必要的事：答应了某人而又没做的事啦，或是打算要做但没来得及做的事啦，又或者是没有答应，但觉得是自己该做的事啦……两个年迈的姨妈被她给忘了，她还打算给一位老朋友的父亲，一位九十岁的歌剧演员送一张小桌子，给玛利亚·尼古拉耶夫娜阿姨的草药已经放了一个星期了，母亲去世周年纪念的时候得去一趟墓地，还得给卡佳寻觅一位出色的脊椎神经科医生，给小孙女索涅奇卡买礼物，还得按时寄出好赶上生日，萨什卡还要求……格里什卡还需要……还得选一天留出从早到晚的时间，跟丈夫基里尔开车去一趟别墅，因为随着他日渐衰老，人也越来越易怒了，早就憋着要发火，因为她老是不跟他一起去别墅，他只能自己坐电气列车慢腾腾地过去，再带着一背包的苹果摸黑回到市里……

1　“保姆”的首字母缩写。

热尼娅想了想，咬了咬圆珠笔的笔帽，拨通了女友阿拉的电话。她老早就劝热尼娅，不如从她工作上认识的那些高加索难民里雇一个来当保姆……

阿拉听了热尼娅的话很高兴，答应派人过来，甚至明天上午十点就可以。

然后她就谈起一个巴库来的苦命女子，那人已经在俄罗斯漂泊了十年之久，还是没法找到立足之地，因为她是亚美尼亚人，而她的亡夫则是阿塞拜疆人，她随夫姓侯赛因诺娃，如今亚美尼亚人因为她的姓氏拒绝给她提供任何帮助，阿塞拜疆人也是，不过却是因为她的民族……不过热尼娅早就已经明白，搞慈善的都是些特别奇怪的人，不奇怪的人都去正常的组织里工作了，所以她耐心地听着关于这个苦命女子的漫长故事，听完了一个又是一个，还有一个……

热尼娅把听筒贴着耳朵，聊了二十分钟后，刚巧洗完晚餐的餐具。阿拉答应派一个特别棒的车臣女人来，她可以既收拾房间，又买东西，而且饭做得特别好吃，能让热尼娅做梦都想不到……听起来挺吸引人的。她刚放下听筒，电话就又响了。热尼娅看了一眼表，差一刻钟十二点。

“Shalom![1]”电话里的人愉快地打招呼，精力充沛，“我是夏娃！”

1　希伯来语，犹太人之间的问候语，意为“祝你平安”。

夏娃以前叫加林娜·伊万诺娃，三年前改信了犹太教，一直在所有愿意听她说话的人中间热情地宣扬摩西五经才是唯一忠实的教义。她起初在改宗方面对热尼娅抱有很大期待，却撞上了无神论和忽视精神价值的铜墙铁壁，新犹太人的一腔热忱都像波浪般被撞得粉碎了。

“只跟她讲五分钟。”热尼娅给自己设定了发言时长。

“你最近过得如何？”夏娃问。

众所周知，俄语的“你最近过得如何？”跟英语的不同，需要对方展开回答。可热尼娅以英语的习惯简单答道：

“挺好。你呢？”

“哎哟，”夏娃叹了口气，“你能拉我一把吗？”

“也许能吧。不过你是有多大的难事儿呢？”热尼娅有时候会借给她钱，她也不还。谈话这么快就进入了实际层面，热尼娅还挺高兴的。加利娅[1]自从信仰了至高无上的主之后就辞了职，把全身心奉献给上帝。此外，在快五十岁的时候学习现代希伯来语也不是件轻而易举的事。她的精神世界如火如荼地发展着，尽管手头更紧了。热尼娅从不拒绝帮忙——她们之间的关系历来如此，但热尼娅总是会问一句“你要这个钱干什么？”

这次她也问了，得到了详尽的回答。夏娃需要三十二美元来买两本关于圣经的书。

1 加林娜的昵称。

热尼娅哼了一声——得了……

“加利娅，我可以给你三十二美元。只不过你怎么来取呢？我要去参加书展了，一个星期之后走，而且我忙得很。你要么早上九点之前来我家，要么就想办法找到我。你有我的手机号吗？”

谈话看样子是顺利结束了，没有转向危险的宗教领域。可热尼娅高兴得太早了。

“热尼娅，”对方严肃地说，“我跟你说过好多次了，请你不要叫我加利娅。我是夏娃，知道吗？你应该懂的，名字有神秘的含义。每次你用我已经不用的名字称呼我的时候，都像是把我送回了被我抛弃的过去。夏娃这个名字属于我们的女性始祖，她是第一个女性，这个名字的词根来自 haim，意思是生命……”

“好的，夏娃，我明白了。对不起，我多年来习惯了用另一个名字来称呼你……”

她们俩嫁给了同一个人——热尼娅在先，加林娜·伊万诺娃在后。她俩的儿子是同父异母的兄弟，姓同一个姓，长得也相像。热尼娅离开第一任丈夫后，过了五年加利娅安葬了他。当时她们并肩站在棺木旁，都穿着黑色丧服：一切罪过都是热尼娅的，而加利娅则半点罪也没有。两个男孩子一个九岁，一个三岁……不过那时候加利娅还不是夏娃，而是一个普普通通的女子，来自中俄罗斯高地，那里山峦起伏，溪流众多。她那时是个东正教教徒，戴着挂有银质十字架的小链子，性格像她童年时身处的广袤土地一样平和安静，而且容颜秀丽，宛如青蛙皮被扔在炉子里烧掉之后的青蛙公主[1]……

去世的丈夫留给加利娅的是一个三岁的儿子和一个生病的婆婆，还有热尼娅——为她提供援手。热尼娅已经在她的生活中存在二十多年了，对她这个奇怪的人儿又爱又恨——她虽然生得美丽，却总是想一出是一出，而且一次比一次荒唐。在短命的丈夫科斯佳去世那年，加利娅用一个俄罗斯江湖骗子的方法治疗他，既不给他吃抗生素，也不给他吃止痛药，只喂他草药和土——那是一种用圣地的尘土做成的药粉，至于圣地是哪里，只有那个可恶的神医圣手自己知道。科斯佳死前不久，加利娅转而相信另一位医生，那是个藏医草药大夫，他自己压根儿就不是西藏人，而是一个来自阿穆尔河沿岸的狡猾的哥萨克。再后来加利娅又对一群修习瑜伽的人言听计从。

每回有这种奇遇，她都拉着儿子一起。随着年龄的增长，他逐渐产生了抵触，后来干脆拒绝参与母亲的这种精神探索。总之，在瑜伽之后他就不再追随她了，而她则开始进行一些更冷门的东方实践。

每次改换门庭，加利娅起初都能颇有进境，获得成长，然后就总会发觉自己变成了一位信仰更正确的教义的新信徒。她

1 俄罗斯民间童话。国王的小儿子被迫娶一只青蛙为妻，后来发现青蛙脱下青蛙皮后是一位美丽的公主。

离开黑天派[1]，转投佛教，一会儿在五旬节派[2]信徒那里逗留，一会儿又在科学教[3]信徒那里做客，直到她置身于犹太人中间。多亏了那本精打细算地涵盖了未来全部十年的挂历，这一滑稽的情形才为人所知。那本挂历开本很大，印在漂亮的硬纸上，画着巴勒斯坦的风景。这是加利娅拿来给热尼娅当新年礼物的。犹太人的新年始于秋天，日期不固定，有时是九月，也视情况而定，每年都不一样……画的风景是西奈半岛、死海和加利利海边那些近年来重新培育起来的花园，倒是挺漂亮的。热尼娅马上就把它转赠给了莉莉娅，后者尽管后来改信了基督教，却依旧是个犹太人。她生怕别人忘了，从来不忘骄傲地强调，圣母玛利亚和耶稣自己（更别提施洗约翰和全部使徒），无一例外都是最地道不过的犹太人。信仰引领她进入东正教会，可在东正教圈子里，她的这一提示听起来是政治不正确的，还让一些人极为伤心……

但这发生在莉莉娅身上是完全可以理解的。热尼娅倒是对加利娅精神探索的最新转变颇为惊讶，虽说她早就已经没有地方、也没有工夫用于惊讶了。让人不解的是，这个来自小波克罗夫卡乡下、年已迟暮的美人对犹太人又有什么用处呢？宗教的无私情怀热尼娅是不信的。起初她推测，一定是有个什么大

1　印度教毗湿奴派的一种分支，将黑天作为最高神而非毗湿奴的化身来崇拜，并奉黑天为瑜伽主。

2　20 世纪初兴起的基督教新教运动。

3　20 世纪 50 年代初在美国形成的新宗教运动。

胡子的犹太鳏夫勾引了加利娅，还一直等着加利娅说走嘴，告诉她自己又准备嫁人了（加利娅在这方面特别不讲究，动不动就嫁人）。热尼娅已经在估摸，这次失败的出嫁按序号排会是第几次——第五次呢还是第六次。但根本没发生这种事：加利娅去上了很久的课，阅读摩西五经，而且也不是自己一个人读，而是上一些讲习班。搞到最后，当她例行来找热尼娅借钱时竟然不肯再吃喝了，因为热尼娅的饮食不符合犹太教规，而她加利娅已经不是加利娅，而是夏娃了。可热尼娅那天过于疲倦，忍不住挖苦说：

“夏娃，你倒是说说，我这个人也不符合教规，那我的钱你能拿吗？”

她马上就后悔，觉得自己太凶了。可加利娅却皱起古希腊雕塑般端正、毫无一丝皱纹的额头，想了一想，把刚放进钱包里的钱又放回桌子上，神情凄惨又严肃地答道：

“我不知道。得问问老师。”

热尼娅花了很长时间才说服她拿这笔钱，知道她不够过日子的。

儿子们（特别是成年的萨什卡）常常温和地嘲笑热尼娅，丈夫则偶尔发表一些犀利的评论，有时称呼热尼娅为自掏腰包的铁木儿队[1]，有时又叫她莫斯科市内和近郊的特蕾莎修女，心

1　铁木儿队是苏联卫国战争时期由儿童组成的组织，专门帮助军烈属、残废军人和孤儿。

情不好时则挖苦说，热尼娅的乐于助人源于好看的聪明人在难看的笨蛋面前的傲慢和优越感……

这时热尼娅就会猛地发火说：

“没错！就是这么回事！那你让我拿你们这些难看的笨蛋们怎么办？唾弃你们吗？”

3

临行前的最后一天从一通电话开始。对方是高加索口音，用悦耳又悠长的声音找热尼娅。

“我是维奥莱塔，今天来给您收拾屋子。”

热尼娅半梦半醒地咳嗽了一下，理了理思绪。她想说今天她不方便，明天她就要走了，再过十天才回来，到时候再商量……然后她想：还是让这人来吧！让这个维奥莱塔一周来两次，收拾收拾屋子、做做饭，也安抚一下家里的老爷们儿……每回出差，热尼娅都会隐隐觉得对不起家人和自家房子……

“好的，您来吧。”

“我很快就到，过三个小时吧，我还得打点孩子们上学……”

热尼娅看了看表，现在差一刻钟八点。下午四点需要去汉莎航空公司取票，在那之前需要打扫两个又脏又乱的房间。干洗店、邮局和房管局飞快闪过，刚巧占去十一点之前的时间。十一点整，响起了门铃声。热尼娅开了门：面前是一束雏菊，花后面是一个微笑的胖女人，穿着贴花外套，披着粉红披肩，披肩上的金银线闪着沉沉的光。一个十岁左右的小女孩站在右手边，一个学龄前的男孩子则站在左手边。他手里还拿着一个玩具卡车，大小快接近真车了，小女孩则拿着一个特别的筐子，从微微敞开的盖子下面露出一个巨大的猫头……

“大一点儿的几个孩子在学校，最小的这个艾哈迈德我是不放他离开身边的。小埃莉维拉犯咳嗽，暂时不去上学。反正她也学得比其他人都好。”

热尼娅接过那束略带褐色的黄花。当她还在消化这一新出现的局面时，维奥莱塔已经自行把衣服脱了，从小艾哈迈德身上扯下皮外套，小心地脱下鞋子，排列整齐——从小到大，鞋尖对齐。她还给所有人都穿上针织的半拖鞋，然后他们都转移到了餐厅里，在桌子旁坐下来。那只猫坐在小女孩腿上，灰色的猫脸神情严肃。

后来才知道，原来维奥莱塔是个超级能干的金不换。她十八岁的大女儿在格罗兹尼[1]轰炸造成的火灾中死了。拿着玩具卡车的小艾哈迈德还来得及被送去住院——他们全家穿过走廊时被扫射了，孩子伤到了胳膊，父亲伤到了腿……猫被炸聋了，所

1　俄罗斯北高加索联邦区车臣共和国首府。

以小埃莉维拉从此去哪儿都抱着它……她是个好姑娘，心疼残废的猫咪……

维奥莱塔拉开手提包的拉链，取出一个袋子，开始在桌子上一一摆放文件和照片。

“这是我的证书，几乎算得上优秀毕业了。这是工作鉴定书。这是我爸爸的照片，那场世界大战之后拍的，那时他还年轻。嗯，这是护照。这是艾哈迈德、埃莉维拉、伊斯坎德尔和鲁斯塔姆的出生证明。这是我们的结婚照。我老公是总工程师。不过那个厂子已经没了。这是我哥哥一家。他有两个女儿和三个儿子。瞧，这是战前拍的最后一张照片，我的大女儿在这儿，当时她跟埃莉维拉现在一样大，十岁半……这是从我们共和国的报纸上剪下来的：我老公满五十岁的时候获得了‘荣誉勋章’，那是第一次战争[1]之前的事了……”

桌上已经摆满了照片和文件，热尼娅的心像上完麻药之后的牙齿一样隐隐作痛。

“阿拉·亚历山德罗夫娜跟我说，您是她的朋友，我可真高兴呀。她为我们做了那么多，就像对亲人一样。我从楼梯上摔了下来，得了脑震荡，是她安排我住院，找了特别好的医生。不过我的头到现在还晕着……”

热尼娅翻看着照片，那是生活的碎片，是一些破碎的拼图，

1　指 1994 年至 1996 年的第一次车臣战争。第二次车臣战争的大规模军事行动阶段为 1999 年至 2000 年，游击战和恐怖袭击则一直持续到 2009 年。

再也无法组成先前的画面……

“维奥莱塔，可您要是有脑震荡的话，应该是我去您那儿擦地板，而不是您来我这儿……”

维奥莱塔被这个玩笑逗得笑了起来，露出几颗金牙。

“阿拉·亚历山德罗夫娜也说我现在做打扫工作还嫌早。可我之前在‘真好吃’商店工作过，卖馅饼。您可千万别买，都是掺假的货。我的位子被一个巴库来的鞑靼女人给占了。现在她无论如何也不肯走了。毕竟售货亭里暖和，冬天又近在眼前了。我们的人大多在市场里干活：女的卖东西，男的当搬运工，走运的能当上司机。我有一个兄弟在罗斯托夫，还有一个去了土耳其。姐妹留在了格罗兹尼跟父母在一起，那里比这儿还糟糕，虽说是在家里……我没想到生活会变成这样，毕竟我是安全工程领域的工程师，在管理部门工作……不过收拾屋子我是好手，以前我的房子闪闪发亮，又干净又漂亮，而且什么都有——罗森莱夫牌的电器，麦当娜牌时装，地毯有十八条，甚至还有‘俄罗斯美女’牌香水……那时候的日子过得多好啊！可如今我们全挤在一个房间里，这还多亏了阿拉·亚历山德罗夫娜，是她帮我们跟难民委员会租的……她还把阿斯兰安排去她自己儿子的办公室当看守……阿斯兰现在瘸了，没法当搬运工了，年纪也已经六十开外了。”

她说个没完没了。孩子们在桌旁温顺地坐着，像被粘住了一样。小艾哈迈德把崭新的玩具卡车紧紧贴在胸前。埃莉维拉抱着腿上那只正很有规矩地睡觉的猫。

热尼娅左思右想。维奥莱塔有个大家庭，不管付给她多少钱都养不活这一大家子。如果雇她去出版社当清洁工呢，薪水无论如何也不会超过两千块……要是把她安排到某个人的别墅去呢？没有人会要这么一大家子人的……

“那这么着吧。”热尼娅说。正在此时，电话响了起来。

夏娃很高兴赶上热尼娅在家：

“我给你打了一个星期的电话，可你老是不在。我要来找你！现在就来！”

“行吧！那现在就来！”热尼娅应声答道。

“那这么着吧。”她又说了一遍。

电话又响了起来。这回是莉莉娅。她跟夏娃并不认识，可两人总好像彼此同步似的。

“热尼娅，”莉莉娅平铺直叙地讲了起来，“我想再一次谢谢你。我打开冰箱，感到亲切极了：里面放着你送来的几罐吃的，都那么好吃，还是专为我这没了牙的人做的。你简直像我妈妈一样。”

“你还不如说像姥姥一样呢。”热尼娅嘟哝。

莉莉娅虚弱地笑起来，有气无力地说：

“好吧。反正我姥姥做饭确实比我妈妈好吃。我想谢谢你，并祝你一路顺风，有……天使保佑……”说到天使时她有些迟疑，知道热尼娅历来反对教权，还爱拿这个取笑。不过热尼娅忍下了天使的字眼，于是莉莉娅得以用纯东正教的风格收尾：“我会为你，一个乘船者和旅行者祈祷。”

“行吧。那我到时候带上泳衣……我回头给你打电话……”热尼娅放下了听筒。“那这么着吧，维奥莱塔，我明天要离家十天，我们就当作您已经开始干活了。不过您等我回来再动手做。现在嘛，”热尼娅在小隔板上摸索了一阵，那里放着糖罐，旁边是盛面包的盘子，里面放着一大堆各种纸片，包括钞票，“您先拿着这个作为预付款。”

一张浅绿色的钞票放在 堆黑白照片和灰色的报纸上头……

“赞美真主！”维奥莱塔把泛红的手交叉起来，微微举起，“什么样的人都有……可真主给我们派来的是多好的人呀！我会做工还上这个钱的……”

随后，他们脱下针织的半拖鞋，穿好鞋子。那只猫温顺地钻进筐子里。而热尼娅则觉得浑身都像是犯牙疼一样……

行李箱她早在昨天就从阁楼上拿下来了。内裤和各种零碎叠成了一小叠。一个装着全套化妆用品的化妆包，还有一个旧的小包装着药品……一件薄罩衫，两件高领毛衣……夏娃还没来拿她那三十二美元，而热尼娅则处于一种说不清道不明的状态：一方面，对那个双手泛红、不卑不亢地承受着社会阶层跌落的车臣女子，她满心怜悯和同情；另一方面，一种时常萌生的恼怒也在刺激着她，这种恼怒几乎与一种常有的念头相匹敌，那就是无论跟什么人打什么交道，都不得不忍受对方的愚蠢糊涂和言而无信……而无论好坏，几乎每个人身上都深深封印着一种被掩饰起来的疯狂……

既然你不会一劳永逸地说“你们全都见鬼去”，那就坐下来等着吧，等这个磨磨蹭蹭的懒女人慢悠悠地游到这儿来吧，热尼娅安慰自己。快三点了，得去取票了，然后去出版社，接下来去取送给一位住在柏林的老朋友的礼物……傍晚时有人会送来信件或者什么文件，要带到法兰克福去。

等到夏娃终于来了，失去耐心的热尼娅已经穿着夹克站在门口了。她把手伸进口袋，那里放着准备好了的钱，已经疲惫又气愤得语塞了。

夏娃站在门口，穿着黑色长外套，小巧玲珑的头上戴着某种黑色的头巾。这一身黑很适合她，适合这位肤色胜雪、青春常驻的佳人。

“你呀，一句话，真他妈是个女神！”热尼娅半是气恼半是赞叹地随口说，把信封递给她，“我等了你一个多小时，着急忙慌的，手都在抖……”

夏娃仔细地把信封放进小包里，然后慢慢解开镜子般光滑的黑色纽扣，她的眼睛也同样闪着镜子般的光，只不过是明亮的蓝色。

“谢谢你一直等我。可干吗要说脏话呢，热尼娅？就算我知道你的好心肠，可其他人会觉得……”

“喂，你干吗脱衣服呀，怎么，你没看见我都要走了吗？我要迟到了……”

“我去上个卫生间。”夏娃解释说，然后大摇大摆地往屋子深处走去。她那件黑色外套下面是一条黑色的连衣裙，长袜也是黑色的。

随后，她从卫生间里走了出来，嘴里微微念叨着什么。

“不行，”她仿佛在自言自语，“不行，我不能不把这件事告诉你。这个真的非常重要。你坐下来待一会儿。”

热尼娅简直惊讶得呆住了。

“加利娅，你是刚巧发疯了吗？我都跟你说了，我要迟到了……”

“热尼娅，你明白的，今天是个重要节日——赎罪日。你知道吧？就是忏悔的日子，就像复活节前的大斋戒一样，只不过集中到了一天里。这一天大家不吃不喝，只做祈祷。这是上帝的日子，是安息的日子。”

热尼娅开始系右脚的鞋带，把鞋带费劲地穿过皮鞋上的金属小钩。

“没错，安息……”她机械地重复道，“你穿上衣服吧，夏娃，你都已经耽误了我一个小时了。”

夏娃从挂钩上取下自己那件庄重的外套，然后顿住：

“热尼娅！你不应该过得像这样忙乱，平时就不应该，今天尤其不应该。”

热尼娅把鞋带用力一拉，鞋带断了。她把这断开的皮革带子往旁边一扔，丢下皮鞋，把脚伸进另一双莫卡辛鞋里。她站起身来，眼前一阵发黑，不知是因为起身太猛，还是因为陡然冒出的怒火。

夏娃匆匆披上外套，看了一眼镜子——自己脸上毫无忙乱之色，只有一派安详平静。

热尼娅锁门，夏娃按了电梯。她站在热尼娅身边，露出那种了解无人知晓的秘密的人所特有的神秘微笑。电梯上来了，发出咔嚓声。夏娃走了进去。热尼娅则沿着楼梯往下跑，皮制的鞋底咚咚作响。

正当热尼娅从邮箱里往外掏一个歪歪扭扭地塞着、侧面还撕破了的大信封时，夏娃飘然降到了一楼。她们一起走出大门。

"祝你顺利！"热尼娅边走边丢下一句。

"你不去坐地铁吗？"

"不去，我的车停在那边……"热尼娅含糊地摆了摆手。

车确实停在一条小巷子里。热尼娅害怕夏娃会死乞白赖地跟过来，那就得再花半个小时在车里听她说教了。夏娃也确实加快脚步跟在热尼娅身后，方向跟地铁正相反。

"热尼娅，我看得出来你正赶时间。但我要跟你说的话非常重要：犹太法典《塔木德》上说，忙乱是没有好结果的……"

"这个毫无疑问，"热尼娅点点头，"不过我现在要去另一个方向了。"

她坐进汽车里，砰地关上了车门。

夏娃把车门微微打开，专心致志而又意味深长地说：

“《塔木德》上说，应当侍奉上帝，而不是侍奉他人！是侍奉上帝！”

热尼娅打开供油器，车子马上就发动了——宝贝儿真棒！她猛地一踩油门便冲了出去，喷了夏娃一身尾气。

夏娃面带美丽而忧伤的微笑目送她远去。

4

傍晚稍早时分，热尼娅心满意足地划去了已经完成的事项。她最终还是把所有事都办完了。尤其让人开心的是，给住在柏林的朋友的礼物也搞定了：她抽时间去找了一位年轻的女裁缝，那是个坐着轮椅的残疾人，对方用各色碎皮子手工缝制了一件绝佳的短外衣，于是双方都很满意——热尼娅买到了礼物，裁缝也得到了颇为丰厚的报酬。还剩下一些不大必要的化验要做，完全可以等到回来再去……行李箱也收拾好了，家庭晚餐也已经吃完了——基里尔正坐在电视机前阅读某个人的学位论文，不时嗤之以鼻，也不知是在生播报员的气，还是在生论文作者的气。格里什卡正坐在电脑前。

热尼娅天性耐不住空虚无聊，不由得走到炉灶前。尽管食材已经采购好了，可男人们是不喜欢做饭的，所以她动手做起饭来。

“等弄好了我就塞到冷冻室里。”她决定。

这回一切都安排得十分妥帖：跟出版相关的所有东西都整理打包好了，所有文件都办好了。助理（真是个棒小伙！）会把箱子直接送到谢列梅捷沃机场，送到飞机上。

做好的饭菜还是温热的，往冰箱里放还早。

也许还来得及泡个澡……她打开水龙头，粗大的水流撞击着搪瓷浴缸的底部。格里什卡断开了网络，电话马上就响了起来。

“得把这条该死的电话线弄好。[1]”热尼娅想起来。来电话的是莉莉娅，她啜泣着。

“莉列奇卡！怎么了？”热尼娅不安起来。要是在以前，莉莉娅会放声大笑和嚎啕痛哭——可生病以后她只会安静地微笑。

“我能跟你诉诉苦吗？不过我就是说说，你别往心里去，因为我自己也明白这是瞎胡闹，可是太气人了……”

热尼娅不知道那边发生了什么，可谁能让人生气，这一点毫无疑问……

“嗯，她们怎么了？”

莉莉娅呼哧着，抽着鼻子。

“全给吃了……你想象一下，我打开冰箱，你送来的几个罐子一个也没有了。一个切成两半的大西瓜给塞了进来。我去她

1　20世纪90年代刚有互联网的时候，使用最为普遍的一种方式是拨号上网，在上网期间会占用电话线。

们房间，可她们有客人。是两个年轻人，伊拉那个讨人厌的男朋友和玛丽莎现在谈的那个程序员……伊拉走出来问，你要什么？我说，我的西葫芦在哪儿呢，可她说，全让客人们给吃了。我说，这些客人是要干吗呀，可她说，是来过节的……我很惊讶，问，什么节呀，她笑得那么……那么讨厌……把我领到我的房间，用手指戳着你送的日历说：过节呢，看见没？赎罪日呀！西葫芦、甜菜，什么都没剩下……你懂的，太气人了……"

"行了，莉莉娅！犯不上生她们的气。她们还小呢，会长大懂事的……是你自己把她们宠坏了，你自己就是这么教育孩子的，所以就忍着点吧……何况你还有办法呢——祈祷呀，莉莉娅。你不是很会祈祷吗……"可其实热尼娅气得太阳穴突突直跳，简直就像白天加利娅（夏娃）教她该如何过日子的时候一样，甚至比那时候还生气。

"别伤心，莉莉娅！你不如说说，我从德国给你带什么东西好？……"

她放下了听筒，把一部分还温热的饭菜装进几个塑料饭盒，然后放进包里。她穿好衣服，朝基里尔喊道：

"基里尔，我开车出去遛一圈！去莉莉娅家！"

"热尼娅！你说话跟暴发户一样：什么叫'开车出去遛一圈'？[1]"

1　此处的用语属于"新俄罗斯人"（在苏联解体后暴富的群体）的新兴用词。

但她没听见这句话，已经在沿着楼梯飞奔了，边走边试图克制住愤怒的心情。嗐，要是她现在能把那俩女儿好看的小脸蛋儿狠狠揍一顿，该是多么舒畅啊……

开门的是伊拉，她看到热尼娅很高兴。儿童房里传来隐隐的尖叫声，房子里像小酒馆似的烟雾缭绕。

“可我妈妈说您已经走了呀。”伊拉忽闪了一下长长的眼睫毛。

“我明天走。给你妈妈带来点东西，好像她的东西全吃完了。”

“伊拉！”伊拉叫了她的姐妹一声，于是热尼娅才明白，她又把姐妹俩搞混了。她俩的相貌酷似，可奇怪的是，当她们在一起时，马上就能分出谁是谁，而一旦分开就怎么也猜不出了。

真正的伊拉出现了。她喝得有点醉了，哈哈大笑着，露出亮白的牙齿，那牙齿是天生的，不比假牙差：

“哎呀，我要完蛋咯！老妈打了小报告啦！”

热尼娅怒火中烧，阴沉着脸取出那几个温热的饭盒。

“热尼娅阿姨，您这是做什么呀？我开玩笑呢！您做的吃的我们可什么都没碰过！只是从冰箱里拿了出来，给西瓜腾地方！我把您的罐子放到窗台上了！可妈妈变得简直让人受不了——我们的事儿她什么都要看，什么都要管，什么都要打听。”

另一个女儿玛丽莎证实：

“我们已经是大人了，有自己的生活。可她还老是教育我们……”

莉莉娅的门敞开了一条缝：她从门缝里探出头来，仿佛一只从龟甲里探头、随时准备马上缩回去的乌龟。

“哎呀，热涅奇卡！你来了！对不起，我是个傻子！孩子们在过节呢。对不起，孩子们！我不知道今天是赎罪日……”

热尼娅傻兮兮地拿着自己的饭盒站在那里。不过她突然感到异常滑稽，于是哈哈大笑起来，发出小女孩那种响亮的笑声：

“你们全都见鬼去吧！”

莉莉娅迅速地画了个十字——她很忌讳鬼这种字眼。

“你们这些小姑娘可真傻！赎罪日是要进行严格斋戒的，不吃饭，也不喝水！”热尼娅解释说，就好像她从小就对赎罪日这个犹太节日了如指掌，而不是今天早上才刚刚听说……

莉莉娅向她走来，一路扶着墙壁，因为那根漂亮的手杖被留在床边了。

“热涅奇卡！谢谢你过来！哎，愿上帝与你同在！”

……热尼娅溜进卧室的时候，基里尔已经睡了。她的心情棒极了。她把所有事都办好了，还不止于此。那两个小姑娘自然不是东西，但也没有那么坏。热尼娅瞥了一眼闹钟，现在差一刻钟十二点。她把闹钟定到五点半——航班是早间的。这时响起了电话铃声，是夏娃打来的。

“热涅奇卡，要是我惹你生气了，原谅我吧。但我不能不跟你说，这事非常重要。《塔木德》上说，如果一个人为别人服务，让别人过得好，可自己却过得不好，那么这是不对的……人应当让自己过得好……你的日子过得不对……人应当让自己过得好！”

她的话说得很严肃，发自肺腑。而热尼娅微笑着，想象着她那张棱角分明的脸，或许那是最美丽的女性面孔之一了……身材又那么曼妙……可人却是个头脑简单的傻瓜！

“夏娃！可你又怎么知道我过得不好？我好着呢。好得很！听着，那《塔木德》对于你什么时候还我钱又是怎么说的呢？”

夏娃沉默着：她俩认识了一辈子了。不管是十卢布、二十五卢布还是一百卢布的纸币，她都借过很多张，而且没还过。如今她在盘算，热尼娅到底是什么意思。

“你指什么？”

“我是说用来买圣经的那三十二美元，”热尼娅马上答道，“还能有什么？”

“哦，”夏娃轻松地缓了口气，“你一回来，我马上就还你。”

“那可太棒啦！晚安！”热尼娅挂上了听筒。

基里尔往墙边挪了挪，给她留出更多地方，睡眼惺忪地伸出手来，喃喃地说：

“可怜的人啊……”

可热尼娅微笑着——她感觉很好：又一个“安息日”结束了。

而明天注定会非常忙碌。

5

司机廖沙有着不像斯拉夫人的准时，让热尼娅颇为欣赏。他准时开着自己那辆破旧的“日古利”5型小轿车来了，上来取了行李。热尼娅准备就绪，但还想跟基里尔好好道个别，再最后嘱咐几句。

“要不，我送你到机场？”基里尔出于礼貌问道。

热尼娅摇摇头。

“好吧，再见啦，一路顺风，请便请便。”基里尔随随便便地亲了亲热尼娅的太阳穴，她感受到了他的那股男子气息：不是喷了香水，而是来自大自然的干草和锯末的味道，干净又怡人。

“你们要乖乖的，”热尼娅在他扎人的下巴上啄了一下，“我就不叫醒格里什卡了，让他睡吧。”

基里尔把她送到电梯旁，一路把睡衣衣襟按在怀里，腰带不知哪里去了。

廖沙已经把行李放进后备箱了。他们开车行驶在清晨空荡荡的莫斯科：早班飞机的好处在于不会堵车。沥青路面还是湿漉漉的，带着露水。

是啊，我们在城市里都忘了还有露水、黎明前的微风和日落前的斜阳——热尼娅为这一新颖的想法感到高兴，甚至还为生活中所有错过的东西而感到遗憾，然后便果断深入思索起来。“基里尔说得对，要是能搬到城外去就好了。只不过不知要怎么安排……显然不能搬去暴发户的那种别墅，何况也没那个钱。老旧的别墅呢，虽然迷人，却没有下水道，也不怎么想住……那里有悠长的朝霞，还有露水……”

这时，她仿佛听到了格里什卡的声音：“妈，你又在蒙人……”

确实是在蒙人，不过蒙的是她自己呀！

照基里尔的说法，他们确实一路顺风——前方的红绿灯一看到他们就转成了绿色。热尼娅看了一眼手表，时间还有富余。于是她又微笑了：一切都按计划进行，事情全办好了、划掉了，她很快就要把时针向前调两个小时，在另一个异国时区里度过十天了，那里的一切都是慢悠悠的，还有这偷来的两个小时的余裕……

正是在这个地方，当思绪从郊区生活无缝转换到在国外的自由自在时，撞击发生了。一辆红色的奥迪以电影特技般的速度从侧面的真理路上飞驰出来，看样子像是想要穿过列宁格勒大街，结果撞上了“日古利”牌小轿车的右侧。可热尼娅正侧身对着司机坐着，没能注意到。两辆车在空中旋转，被撞得四散开来。热尼娅没看到那辆挤成一团的红色奥迪，没看到那片钢铁废墟（做事一板一眼、从不迟到的廖沙正被人从里面抬出来），也没看到那辆把她送往斯克利福索夫斯基[1]急救中心的救护车。

1　尼古拉·斯克利福索夫斯基（1836—1904），俄国外科学家。

她昏迷了三天三夜。这段时间里，她接受了一场八小时的手术，勉强把撞碎的盆骨拼接了起来。她的心跳停了两次，每次都被一位名叫科瓦尔斯基的身材瘦弱的麻醉师重新启动……后来热尼娅想问他为什么要这样做，他明明知道，被重启了生命的这个人将再也站不起来，只会苟延残喘地度日……他怕是没法很好地回答她。

等到她经过三昼夜的昏迷终于恢复意识后，很长时间都搞不明白发生了什么。她甚至没完全明白，这到底是发生在谁身上的事儿。不不，她记得自己的姓名和地址——这类问题在她刚一睁眼就都问过她了。但她感觉不到自己的身体：不仅感觉不到疼痛，甚至连手脚都感觉不到。因此，在回答完调查表上那些出于医学方面的考虑而提出的问题后，她问了一句，自己还活着吗……但她没听到回答，因为她的魂儿又飘走了……但如今她似乎已经能做一些呆板消沉的梦了，梦见的是一些毫无意义的画面，给她留下的只有空虚感，就像那些一闪而过的电视节目……

十天后，她从重症监护室转到了普通病房里。基里尔在病房等她，尽管那时并不是接待家属的时间。他知道情况很糟，也准备好了应对之策，可没想到一切都比他想象的还要更糟。连热尼娅的样子他都认不出了。她剃成了光头，额头上贴着标签，脸庞消瘦又忧郁，一点儿也不像以前的她了。头部的小损伤和脑震荡只是长长的外伤列表里微不足道的点缀，连脊椎也不例外。他已经得知，妻子将来会行动不便，但没人警告过他，如今热尼娅会换了一个人，变得忧郁阴沉、沉默寡言，几乎像丢了魂儿一样……她回答问题时会点点头，可自己一个问题也不问，既不问出版事务，也不问在国外住了一年多的大儿子萨什卡，更不问自己女友们的情况……他试图告诉她，有谁打来过电话，医院外面发生了什么，可就连他和格里什卡没有她是怎么过日子的、谁买菜做饭这种事，她都不感兴趣……这简直让基里尔痛不欲生。

他们结婚已经二十多年了。他们的婚姻颇为复杂——曾两次离婚，热尼娅甚至还短暂地嫁给过别人。那是个来自西伯利亚某个小地方的男子，声称自己算得上是个猎人，其实却是个克格勃中层干部……基里尔艰难地接受了热尼娅的这桩奇遇，然后就去找自己的一个女研究生了，但在那边过得也不幸福。又过了十年，他们才最终彻底结合在一起，倒不是因为他们在一起彼此感觉轻松，而是出于另一种完全不同的原因：他们俩都像了解自己一样了解对方，能有多了解自己就有多了解对方，连最细微的心念转动都一清二楚，所以任何交谈都没有必要，都只是出于开口说话的习惯而已。他们信任彼此胜过信任自己，对彼此的弱点倒背如流，并且能够转而爱上它们。热尼娅的虚荣，基里尔的执拗……热尼娅事事顺利，一切都自动跳入她的掌心，而基里尔则事事不顺，得偿所愿时自己往往已经一无所求了……

如今，基里尔坐在妻子身边，用尽自己那股子执拗劲儿试图弄明白，她究竟是怎么了。他是个学者式的人，思考问题颇有些古怪，看待整个世界都是从晶体学，也就是他的主攻学科的角度出发的。他早已将自己独创的“晶体结构学”从晶体学本身分离了出来，并坚信这才是当今世界根本的、几乎是唯一的科学，从中可以生发出其他一切存在的事物——数学、音乐、所有有机和无机结构，甚至人类的思维本身也是以晶体的方式组织起来的……他早在中学九年级的时候就领悟了这一点，但要等到二十年后才取得真正的发现，那时他已经完成了答辩，不仅得到了博士学位，还赢得了奇怪的名声——不好说到底是个天才，还是个大怪人，也许纯粹就是个疯子。他发现了疾病的晶体结构，对其加以描述和分类，花很长时间目光炯炯地凝视波形图、光谱图和电子显微镜的数据，写下公式并运用自己思考出来的结构，越来越确信自己记录下了物质老化的现象，这种老化的发生依靠的是个别晶体结构的局部病变。而且这种病变是可以抗衡的，如果能找到一种缀合物质，把受损后濒于分解的区域加以固定的话……

基里尔就抱持着这种想法过日子，在他看来热尼娅就是这种病变的晶体，“结构被破坏了”并非是指盆骨和腿骨的严重骨折和脊椎本身的损伤，而是指热尼娅的人格受到了损害。他盯着她那死气沉沉、近乎毫无表情的脸，听着她发出的简短的“嗯”和“不”，努力想要穿透进去看清她，也多次成功穿透过，并震惊于看到的全盘崩溃的景象：构成她的内在的上千个自由化合价像落叶松的松针一样凋落了，她那永不间断的电力也枯竭了。在热尼娅自己说出口之前，他就已经知道，现在她唯一的愿望就是死去，而且她向来善于达到自己的目的，如今一定会找到能够自杀的方法……这样的生命她不需要。这甚至都不是因为打针和输液让她无比疼痛，不是因为可恶的石膏如今像茧子一样挤压着身体，不是因为要插导管和灌肠，不是因为任何单独的事……这不是生命，而是一幅充满恶意的讽刺漫画，是一面魔镜，一切之前美好而单纯、自然又正常的东西在镜中都被含有嘲弄意味的丑陋畸形取而代之。食物本是生命所必需的，也能带来愉悦，如今却妨碍期待中的死亡的降临，与人交往以前本是热尼娅一直渴望并热衷的事，如今也没了滋味，因为她无法给予任何人任何东西了，而向他人索取呢，她认为自己做不到——每当有访客走进病房，她都扭过脸去，闭上眼睛……没必要。请回吧，没必要。

热尼娅统共只笑过一次——那是萨什卡从非洲回来的时候。他表现得一点也不像个男子汉。看见母亲后，他在病床前跪下，用额头抵着褥子哭了起来，于是热尼娅也第一次哭了。

一个月过去了，又一个月过去了。她还是躺着，打着点滴，几乎不吃东西，只喝“圣泉”牌矿泉水，体重一直往下掉，人也逐渐干瘪下去，而且一语不发。基里尔则把世上的一切都抛下，坐在一旁，抓着她的手思索着……他脑子里没冒出什么伟大的主意，但他找了一个外科医生兼创伤学家。那是个年迈的阿塞拜疆人，姓伊利亚索夫，也是个很有想法的人。他观察了热尼娅很久，又更为仔细地研究了这段时间里积累下来的大量X光片，建议过一段时间，等用铁钉连接起来的断骨长好了，就采取某种治疗手段，那甚至不能叫手术，而应该叫校正，因为据他看来，只是有个地方有血肿，需要处理一下……

三个月后，医生们给她穿上石膏胸衣，让她出了院。她无法走路，一条腿勉强有点知觉，另一条腿则完全感觉不到。但两条腿看上去都很吓人——青紫里透出点点灰白，干燥爆皮，骨瘦如柴。家里拿来了残疾人用的轮椅，热尼娅就坐到上面。她能坐着而非躺着，已经算是进步了。

还有阳台。阳台在格里什卡的房间，春天之前都封得紧紧的。至少要过三个月热尼娅才能被人用轮椅推到阳台上，到了那时，她应当已经养精蓄锐，能够抬起这具可恨的躯体，这具行尸走肉，翻过阳台的栏杆了。

基里尔什么都知道，就连阳台的事也是。热尼娅也时常猜测他是不是知道。但两人都绝口不提这件事。基里尔经常跟她聊天，可她不知是真没听到，还是装作没听到。不过，有时候她会说“嗯”或者“不”……

车臣女人维奥莱塔一周来两次，静悄悄地收拾屋子，从不把刷子抹布什么的弄出声音。她通常会带来一些用便携小烤箱烤的大馅饼。基里尔不让她进屋见热尼娅——热尼娅谁都不想见。

基里尔每周去大学做两次讲座，再去学院做一次。研究生们常来找他，和他在房间里坐着抽烟。其他时间他都守着妻子度过。早上给她擦身，一起吃早饭和午饭，晚上把她从轮椅上搬到床上，在旁边躺下……他再也不像过去几年那样在办公室过夜了……

格里什卡会顺路来探望，有时会拿来一些满是小圆点和逗号的纸张——那是他搞了一辈子的画作。他是个极为特别的小伙子，除了用中国墨画出来、在纸上奇妙地播散开来的小圆点，他什么都不感兴趣。可如今这已经无法让热尼娅有所触动了……

电话热尼娅是不去接的。她刚一回到家里，就马上说了“不”——她不想跟任何人聊天，谁都不想见。大家渐渐都不再打电话来了，只有莉莉娅·阿普特克曼每天傍晚都打，但已经不再叫她来接电话了，只请求转告她每天的一些新鲜事：今天天气很好，或者今天是教会的什么节，或者有客人来拜访莉莉娅，带来一个特别美味的蛋糕，形状就像真的“布拉格”牌汽车一样……基里尔对莉莉娅的电话已经习以为常，一直等着她什么时候会词穷然后重复，可她每天都能有新创意……

有一次，已经是二月底了，莉莉娅用悲伤的语气说，她今天过生日，特别想让热尼娅祝福她。热尼娅拿起听筒，用毫无波澜的声音说：

“祝你生日快乐……”

然后她便听到听筒里传来猛烈的呼哧声和痛苦的哭泣，夹杂在抽泣和呻吟中的是莉莉娅的声音：

“热涅奇卡！你为什么把我丢下了？你都不想聊天了吗？没有你我好难过。哪怕你跟我只说几句话也好啊……”

热尼娅感到一点漠然的诧异：莉莉娅都没问她感觉自己怎么样，这甚至还蛮有趣的……

“我回头给你打电话，莉莉娅。今天就算了。”

6

热尼娅转天没有给莉莉娅打电话，再转天也没打。莉莉娅等了两天后，自己打了过来，让基里尔把听筒递给热尼娅。他问妻子要不要接，热尼娅一言不发地拿起听筒。

“热涅奇卡，我这儿发生了好多事儿。能跟你说说吗？我没法跟别人说这些，除了跟你。要知道，真是场噩梦，你都想不到……”

于是莉莉娅悲哀地讲起自己的女儿们，她们都干了些什么事啊……原来，她那两个小丫头片子里有一个怀孕了，打算把孩子生下来，可另一个与此同时也跟那个讨人厌的程序员好上了，就是他让伊拉怀孕的。所以现在家里简直成了人间地狱，俩姑娘差点没动手打起来……说实话，她们确实动手了……将来会怎么样实在很难想象，尽管事情似乎已经不能更糟糕了……

“莉莉娅，我只能对你表示一点同情了……”热尼娅叹了叹气。她想了想，补充说：“不，说老实话，我甚至都没办法同情你。没什么可同情的……”

“你怎么回事？”莉莉娅号叫起来，“疯了吗？你可是最聪明、最善良的，竟然跟我说这种话？好吧，用不着同情我，我自己活该！不过你至少给个建议吧，该怎么办啊？”

“我不知道，莉列奇卡。我如今什么都不知道了。就好像我已经不在了一样。”热尼娅对着听筒微微一笑，但听筒无法传达这个微笑，莉莉娅在电话那头放声大哭起来：

“要是你都不在了，那不就是说，谁都不在了吗？怎么，敢情你之前都是在跟我扯谎，是吗？你骗我，说我应当站起来，把手臂养好，重新学习一切，这都是你跟我说着玩的？可我那么努力，也许只是为了让你夸我而已！你是在的！你是在的！要是你不在了，你就是个叛徒、撒谎精！热涅奇卡，你好歹跟我说句话吧……”

她们两个都哭了——一个是出于愤怒和痛苦，另一个则是出于无能为力……

基里尔站在门口，责备自己为什么要递听筒，毕竟热尼娅说过不想跟任何人聊天，可现在这不都哭了。不过他忽然冒出一个念头：或许能哭也是好事？

热尼娅挂断了电话，把听筒放在膝上，问了自手术后恢复意识以来的第一个问题：

“话说，基里尔，咱们有钱吗？”

这个问题让基里尔猝不及防。他在她的扶手椅旁边的床上坐了下来……

“有钱，热尼娅，有的是。你的助理谢廖沙每月一号都送钱来。他一直想见见你，跟你谈谈。可你……总之，这事儿还挺让我纳闷儿的：他说，他会暂时勉强应付出版社的事，不会让你缺钱的。还能怎么样呢……我也还有点进账……”他微微冷笑了一下，因为他的薪水跟国家对从事基础科学的学者的尊敬一样有限。

“好家伙，”热尼娅摇摇头，“有意思……”

这是他们五个月以来第一次交谈，谈的是钱……

“说不定他是个正派人呢？”基里尔敏锐地猜测。

“也许吧。不过终究是相当少见的……谢廖沙非常年轻，他都不应该了解这种事……”

“说不定他是好家庭出身？”

“也不是。”热尼娅应声答道。

她陷入了沉思。莉莉娅的来电和谢廖沙令人惊讶的举动让她无法再像冰层下的鱼一样处于冰冷的休眠状态，麻木的躯体里也不再只抱有唯一一个愿望——活到春天，然后扑通一声……从七楼就这么结结实实地扑通一声，让这一切，连同自己穿着的尿不湿一起，delete, delete, delete[1]……

基里尔已经站在了门口，正为刚才的事欢欣鼓舞，同时也在自顾自地思索着——思索失去稳定的可怜结晶格，思索边际效应，以及让晶体得以生长的兴奋区的退化和激活现象……他一度热烈地爱上了热尼娅，爱了她很久，后来与她结为连理，再后来对她冷淡了、疏远了、习惯了，之后发现自己已跟她合二为一，成了某种不可分割的共同体，就像彼此贯穿的晶体一样。如今，当她想要了结生命的时候，他用自己那股子执拗劲儿奋起反击，也正是多亏了这种驴脾气，他才实打实地学会了所有之前不屑一顾的事：打开菜谱，阅读如何煮红菜汤和荞麦粥、怎么煎肉饼和熬糖水水果；取出说明书，弄明白洗衣机的工作原理，以及往哪里放内衣，往哪里放洗衣粉。只有买菜他没学会，因为没有教怎么买菜的课本。不过格里什卡接过了这件事，而且显示出极高的水平：他用背包把做饭用的食材背来，丈夫和儿子两人都为自己的机智和无畏而感到小小的骄傲，同时也为以前没能做这些事而感到淡淡的悲伤，那时热尼娅性情愉快又略带些刻薄，总是拼命地东奔西走，嬉笑怒骂，掐灭香烟，让各种颜色的烟灰缸里都扎满烟头。可如今，干净的烟灰缸到处都是，而她再也不抽烟了……也不奔走了……为了让他们的共同生活得以延续下去，他被迫承担起“份外”的事。帮

1 英语，意为：删除，删除，删除……

手维奥莱塔只负责收拾屋子，还不好意思拿钱，基里尔每次都几乎是强行把钱塞给她的，其他的家务如今由基里尔负责，他甚至连电费收据都学会填了……丧失求生意志的热尼娅对此似乎并未察觉，而这完全没让他感到难过，因为他做这些对他而言是破天荒头一遭的事并非为了让她感激，而是出于一种模模糊糊的感觉：只要他的执拗劲儿还够用，热尼娅就能继续活下去。而只要她还活着，那么或许这该死的损伤就还是能治好的……他指的不单是她那受损的脊椎，而更多是指她的“结构”……“结构”……他就是这么称呼的。“灵魂”一词对他来说就像“延期”和“兑现”[1]一样说不出口……

“不妨给莉莉娅贴补点儿钱……可以吗？”热尼娅沉默了很久后开口问，此时基里尔的思绪已经在晶体学上飘得很远了。

“你说给多少吧，格里什卡会给送去的。”他回答。

“一百卢布你觉得行吗？”

“小意思。”基里尔点点头。

他回答得可真奇怪。格里什卡才这么讲话。这是从格里什卡那儿借了个词儿啊，热尼娅心想。

基里尔依旧在她身边的床上坐着，佝偻着身子，摆出一个不舒服的姿势。他的脖子上隐约现出一些陌生的血管，下巴下面也露出了多余的皮肤。他瘦了，原来如此。也苍老了。可

1　这两个词均为以英文单词为词根的俄语新词，因此在重视本国语言纯洁性的人群中不受欢迎。

怜的人……可真操劳。上帝，他全是自己一个人……这怎么可能……这都已经不像他了……

莉莉娅如今每天都跟热尼娅打电话聊天，讲述自己复杂的家庭生活里的种种波折，并再次对热尼娅的帮助表示感谢。这样一直过了一个多星期，直到热尼娅醒悟，莉莉娅是故意不问候她的健康状况的，这倒不是为了保护病人愚蠢的自尊心，而是某种策略。于是她陷入了沉思，尽管思考对她来说是很困难的事。她太习惯于让理性进入休眠状态了，这种状态能救命，能让自己不再介怀，不再经受行动不便带来的屈辱和对自己半死不活的身躯的憎恨……那么……是什么策略呢？莉莉娅富于同情心，怎么一次也没问过她“那你怎么样了？”“你穿着尿不湿躺在那里，脚也动不了，你感觉怎么样？”不知为什么，这一点似乎很重要。

“我要问问她。”热尼娅在快要睡着的时候决定……

7

转天是星期五——只有这天基里尔在上午九点前要去做讲座。所以每到周五他都会在六点半早早把热尼娅叫起来。

他像往常一样把她抱到浴室。跟其他卧床的病人不同，热尼娅没有发胖，反而变消瘦了。可尽管她身子很轻，基里尔想要举起她还是有点费劲，不过抱着就没什么了。他是农家子弟，很强壮，从小就把装土豆的袋子搬来搬去……年轻人的那股力气已经弃他而去了，但也用不着那么大的劲儿，只要够熟练就行……

他先把热尼娅放在抽水马桶上，然后又把她放进浴盆，之后再刮胡子，这样就不会浪费时间。接着他把轮椅推到浴室里，在上面铺上一大块床单—— 一切都考虑到了，也都安排好了。热尼娅自己擦干身体。然后基里尔帮她穿上针织背心，把她抱到床上，用油膏给她涂抹后背和腹股沟，仔细查看有没有生褥疮（他一直密切关注着这一点），给她穿好尿不湿，然后两人一起吃早饭——热尼娅喝喝茶，吃两勺粥。饭后他把餐具收走。热尼娅让他把听筒递过来，然后他就离开了——中午再回来。

热尼娅在十一点的时候给莉莉娅打了个电话。她花了很长时间回忆电话号码……这段时间里有多少东西都从脑子里溜走了啊。以前所有电话号码在脑子里都跟打印出来的一样清清楚楚……

莉莉娅马上就接了电话，而且很高兴：

“热涅奇卡！这可是你这段日子以来头一回自己打过来！我真开心！”

她的声音响亮又幸福。

“莉莉娅，你说说，为什么你一次也没问过我，呃……我这么躺着……感觉怎么样……”

“我得去找你一趟，热尼娅。好好解释一下。要是你同意，我马上就过来……”

“你怎么过来呢？难道骑扫帚飞过来吗？”

“热尼娅，我不用拐杖也能走了……当然是在家里。我如今还能自己上街呢，当然不是坐公共交通，我可以打个车……我得跟你说件事儿，但不能在电话里。我没法儿在电话里说……”

“那你来吧，”热尼娅说。她很害怕，吓得心脏怦怦跳，“只不过，要不你别今天来了，”她开始推托起来，“现在基里尔不在家，谁给你开门呢？”

“格里什卡呢？他不能给开吗？”莉莉娅在电话里叫道，听得出，她是一定要来的，不管是坐车还是走路，哪怕爬也要爬来……

“你的格里什卡正睡觉呢。莉莉娅，你还是明天来吧，好吗？”

“上帝啊，这怎么行，我这就穿上裤子，马上就……”

两个小时后，她来了。格里什卡开了门。她在走廊里磨蹭了半天才走进来。她身躯庞大，胖胖的，用那只健康的手举着一束包着粉色玻璃纸的荷兰郁金香，就像去参加小市民的婚礼一样，还用左手轻轻扶着。

“你可别大声喊啊，别大声喊。”热尼娅求她。

“我也没打算喊。”莉莉娅咬住发抖的嘴唇答道，然后就马上跪倒在地，用头抵着床，双肩抖动起来。

我真是个笨蛋，大笨蛋，为什么同意让她来……热尼娅心想。

莉莉娅摇完了床，从被压扁的花束上抬起湿漉漉的脸，坚决地说：

“对不起，热尼娅。我为这次谈话酝酿了半年了。有个念头一直缠着我：我一直在心里跟你说话。总之，你听我说完。你的不幸没有那么简单，都是我的错。”

“唔，唔，”热尼娅微微一笑，“来吧，开始吧。”

“我是认真的。热尼娅，我一辈子都在嫉妒你。自然，我喜欢过你，很喜欢，可嫉妒更深。你知道嫉妒是一种什么样的能量吗？人们常说用毒眼看人，对方会不幸。这也许是胡扯，可里面也有点道理。当你那么强烈地嫉妒别人时，世界上的某样东西就会受到破坏，”她晃了晃不好使的左手，把它微微抬起到肩膀那么高，“后来我做了个梦，还做了两次。第一次是在10月15号之前，第二次是过了一个月以后。”

什么10月15号？哦……是的，去法兰克福的机票就是10月15号的……

“你想象一下，我沿路走着，那不是条特别好的路，灰不溜秋的，两边长着小灌木丛。我背着个沉得不得了的口袋。那口袋好像也不怎么大，可我简直要被它压扁了，压扁了……我想把它放下来，可做不到，光靠一只手卸不下。旁边好像有什么人在走着，也都带着行李。我求他们帮忙，可他们好像没看见我，仿佛我是透明的，真的。突然我看见了——你。你什么东西都没带，穿着蓝裙子，踩着高跟鞋，也是蓝色的，气派极了……你看见了我，马上就朝我跑过来，嘴里说着什么，我不记得了，但是是一些安慰我的话。我甚至还没来得及求你，你就马上轻而易举地把那个口袋从我身上卸了下来，往自己肩上若无其事地一抛，就好像它在你那里一点儿也不沉似的。于是我就想，为什么会这样呢：这口袋在我身上沉得像石头，可对你来说却好像很轻似的。这就是整个梦了。我起初一点儿也不明白。后来你就出了这事儿。哎，我都不想告诉你我们大家有多难受，包括我，也包括我的女儿们。是的，她们非常爱你，热尼娅。另外还有我那个弗里德曼也是。他如今求着想要回到家里，不过我回头再跟你说这个。后来……那时你手术之后已经恢复意识了。斯克利福索夫斯基急救中心的一个女医生是我的熟人，我给她搞到过不少东西，所以她每天都给我打电话，把你的情况全告诉了我……总之，在你做完手术的整整十天后，那个梦又来了：我又沿着那条路走着，又是没有人注意我，你又朝我走来。但你穿得有点不对劲：好像是某种工作服，不知是不是黑色罩衫，也许是件围裙……脚上穿的鞋也很糟糕，完全不像你……可你好像什么都没发生一样朝我走来，又把我的口袋卸下来，然后我们继续走了下去……你相信吗？”

可莉莉娅完全不需要任何确认，只顾急急忙忙地把自己的故事讲完……热尼娅听着，面带虚弱的微笑：这个笨蛋莉莉娅·阿普特克曼毕竟还是个可爱的人儿！

“这不，你知道吗，信教的人看问题有另一个角度，明白吗？这个角度比普通角度更重要，重要得多了。于是我就开始思考，这个梦意味着什么呢？”莉莉娅的神情变得庄严神秘起来，“我把自己的十字架挪到了你身上，就是这么回事。结果我倒是没事了，可你垮掉了。不是一辆红色奥迪撞了你，而是我带着我的满腔忧虑和嫉妒撞了你。没错，带着嫉妒。你知道吗，真的是这样：你起不来床，而我身体越来越好了……”

莉莉娅又哭了起来。

“听着，你说的这些都是胡言乱语。看在上帝的份儿上，别哭了。明明是一个喝醉了的赌徒，一晚上输了数不清的钱，从赌场里出来后开车猛地一冲，安全气囊也没能救他的命……可你却跟我念叨什么梦，”热尼娅摸了摸莉莉娅的头，“你去跟格里什卡说，让他把花放到花瓶里。”

莉莉娅用那只好使的手撑着床，艰难地站起身来。

“我最怕的就是这个，”她忧伤地说，“你这么聪明，可简单的事儿却闹不明白……”

莉莉娅一直待到基里尔回家，其间又是道歉，又是忏悔的，还把那个梦又反复讲了几次，最后诚挚地对热尼娅说：

“知道吗，耶稣说过：背起你的十字架，来跟从我……不是单纯地背起十字架，而是不要背起别人的十字架，要背起自己的……可我总是把自己的十字架放到别人身上：跟所有人抱怨，接受他们的帮助和同情。承受最多的就是你，这不，十字架把你的背压垮了。就是这么回事。如今我日夜祈祷，多么希望一切都能好转，你也能站起来。”

“得了吧，莉莉娅。我也读过你那本小书，里面内容可太多了。那上面还说呢：你们要互相承担重负。还是说我理解得不对？”热尼娅用莉莉娅的武器进行反击。

莉莉娅摆了摆手——一只手摆得快、幅度大，另一只则明显落在后面，但也跟着一起做手势……

基里尔回来了，做了午饭。他们一起在厨房吃。

“热尼娅，你做的饭可真香呀。”莉莉娅赞美说。

“我？是基里尔做的。”热尼娅答道。

基里尔微笑了一下——他如今需要的不多，几句赞美足矣……

莉莉娅就这样一直待到傍晚。等她走了，热尼娅把她的说法告诉了基里尔。他略微想了想，运用了一番自己那套结构学思维，然后摇了摇头：不，我不同意，这样说不通。

十一点的时候，那位阿塞拜疆医生伊利亚索夫打来电话。就是他曾多次去斯克利福索夫斯基急救中心看热尼娅，还答应等所有断裂的地方都愈合了以后给她做手术。他还来过他们家里一次，那是在热尼娅出院后不久，可她对那次来访印象不深了。

来电后转天，他来了，那张黝黑又干瘦的脸和镜面般光滑的黑眼睛让热尼娅颇为惊讶。看得出来，他自己也患了某种病。他花了很长时间给热尼娅按摩后背，在她背上来来回回地揉搓，还出其不意地用手指戳她，搞得她很疼，而当她疼得叫起来的时候，他就轻声地笑起来。他向基里尔要针，点着火柴后把针尖凑到微弱的火苗上，又花了很长时间在热尼娅的背上和腿上画来画去，让她感到微微的刺痛……

随后，他把针往基里尔放在小桌子上的小记事本里一插，突然就急着要走，快到门边时说：

“下周二上午九点前请你们到诊所来。我很可能周三要做手术。麻药就用本地产的。会很痛，你们要做好忍一忍的准备。还要带六百美元来。其他费用根据结果再看。”

“有没有希望能重新走路？”基里尔问，此时他们已经在走廊里了。

伊利亚索夫狐疑地看了基里尔一眼：有必要跟这个人解释吗？然后他从口袋里掏出一个记事本，一边走一边开始画脊椎骨给基里尔看，接着又画了另一块脊椎骨与它相连——他画得很漂亮，还画出了一些尖利的弯折处，只不过让人难以相信这些结构复杂的小轴真的在那里，存在于身体里面……他画了一些小孔，用黑色钢笔比画了一下，又从小孔里画出几条平滑的线条——那代表一对脊神经……接着他又画了一个扁扁的小圆形，打上细细的阴影，用笔尖指了指：

“喏，我认为，那里积聚了一些脊髓液，硬化后压迫着神经。我感觉这些神经还没有完全萎缩，我们试试来清理一下，然后情况就清楚了……”

维奥莱塔手里拿着抹布从厨房里探出头来，跟医生问好。他点了点头——也不知道他俩是认识还是怎么着……

伊利亚索夫走后，维奥莱塔来找基里尔，说：

“基里尔·瓦西里耶维奇，我认识这位伊利亚索夫医生。他的诊所里收治我们家乡的孩子。我认识两个这样的人家，都是我们那边的人，来自格罗兹尼的。有个十岁的小男孩腿被炸断了，是他给做的假肢，没有收钱，自己掏的腰包……他是我们的圣人啊。”

“是吗？”基里尔很惊讶。他这辈子还没碰见过圣人呢。

8

手术全程都很疼，但热尼娅忍住了，只是偶尔呻吟。整个过程漫长得没有尽头，而她只想着一件事：等春天她被人推到阳台上，当她翻越护栏的那一刻，她会是多么愉悦和满足。她随即就听到了伊利亚索夫的声音：

“热尼娅，你能听到我说话吗？你现在喊几下，嗯？疼得厉害时就大声喊，疼得不那么厉害时就小点声喊，好吗？”

于是热尼娅用尽全力喊了起来，一直喊到嗓子猛地哑掉。

“哎，好了！”她听到伊利亚索夫的声音，之后便失去了意识。

疼痛又持续了三天，脊背异常酸痛，仿佛一根烧红了的棒子插进了脊柱。伊利亚索夫每天早上都过来检查她的情况，常说：

“很好！很好！”

基里尔这时通常已经在病房里了，他会跟在伊利亚索夫身后问：

“大夫，是好些了吗？”

伊利亚索夫就眨眨眼，意思是——能重新走路的，能的……

到了第二周，按摩师开始到访了。那也是个东方人，不过更像是印度人……热尼娅一直趴着，不能翻身。而那个印度人其实是个名叫拜拉姆的塔吉克人。也是来自一个挺奇怪的地方，基里尔暗自想，可什么都没对热尼娅说。拜拉姆花很长时间给她揉腿，在她腿上放一些燃烧的蜡烛。

一周后，他们给热尼娅翻了身，但还是不许她坐下。又过了一周，伊利亚索夫把手伸到她的腋下，把她扶了起来。她站住了，双腿直颤。

她站了一分钟，他又把她扶起来，放她躺下。

“你不能坐下，明白吗？三个月里不能坐着，可以走路，但坐是不行的……”

转天他让基里尔再带三千美元过来。你自己跟拜拉姆结账吧，他说多少你就给多少。对于一个圣人来说，价钱有点高了，基里尔心想。钱倒是有，是萨什卡从非洲寄来的。

拜拉姆每天都来按摩两个小时，他那从容不迫的动作让人移不开眼。热尼娅发出呻吟，感觉挺疼的。后来，周末的时候，拜拉姆让基里尔带八百美元来。圣人们都价格高昂……

热尼娅开心起来。她的一个姐妹给她送来一台学步车——她每天能站立的时间越来越长了。之后她会躺下，肌肉紧张得浑身都湿漉漉的，而基里尔会长时间地来回抚摸她的脚趾，直到把脚趾焐热……

一个月后，热尼娅自己从病房里来到走廊上——不是坐着轮椅（到目前为止还不许她用轮椅），而是扶着学步车一步步地走。她在走廊里看到的第一幕景象是两个男孩子在打架：一个没了双腿，坐在轮椅上，正灵活地挥舞着长臂对另一个男孩一通猛揍，对方则牢牢地抓着两根拐杖——他的左臂自肘以下、右腿自膝盖以下都没了。坐轮椅的那个明显占了上风……

“这是反步兵地雷造成的吧。”热尼娅猜到了。

“哎呀，我这就叫伊利亚索夫过来，他会好好收拾你们的！”一个值班的护士喊道。坐轮椅的男孩灵巧地拐了个弯，直接驶走了……

热尼娅喘不上气来，可自己没办法拐弯。

“基里尔，帮我回到病房里去。”她说，基里尔便小心翼翼地把她的学步车改变了方向。

9

五月底，夏娃·伊万诺娃从耶路撒冷回来了。她在那里住了七个月，在一所犹太大学里学习。

她来热尼娅家做客，美丽又稍显苍老，头上缠着一条银色的头巾状的东西，浅色的长裙在消瘦的身躯上优雅地晃动。

她们站在阳台上。热尼娅用胳膊肘抵着学步车的边缘。她能自己走上几步了，但有学步车还是感觉更有把握一些。

夏娃异乎寻常地沉默寡言，于是热尼娅主动问她：

“呃，你在那边学的什么啊？”

“学的语言和摩西五经。”夏娃的回答很拘谨。

“怎么样？都学会了吗？”

“很难，”夏娃回答，“答案越多，问题也就越多。”

树木长到五层楼高，从阳台上只能看到两棵白蜡树枝繁叶茂的树梢，以及树下光影斑驳的土地。热尼娅再也不想一跃而下了……

“热尼娅，我决定结束学业了。看样子，我打一开始就走错了。我想要抛弃一切，重新开始生活……”

“这我可以理解。”热尼娅表示赞成。

后来她们喝了茶。然后夏娃让热尼娅坐到沙发椅上，倒了一盆温水，把她瘦弱的双脚放进去，还给她剪了脚指甲，用火山石揉搓脚踝。之后，夏娃找来一把旧剃须刀，把热尼娅小腿上稀疏的长毛剃掉了，给她擦干双腿、涂上了雪花膏。做这些时，夏娃一直沉默着。

后来，她头也不抬，十分平静地说：

“生活里有多少虚幻的泡沫啊。不过我现在有点解脱了：以前我一辈子都在为科斯佳爱你而饱受折磨……要知道他从来都没有停止过爱你……”

“真是胡话……这都是上上辈子的事了。我们现在是在从头活过啊……摩西五经关于这个是怎么说的？”

“感谢你，永生永存的君王，感谢你出于仁慈将我的灵魂交还给我……这是晨祷词，热尼娅。用现代希伯来语念起来非常动听。”于是夏娃念出一个喉音很重的长句。

得跟谢廖沙说，让他把那两本手稿带来。不然他就会自己付印，可又没法进行详细的校订——热尼娅心想。还得让萨什卡给基里尔买新裤子，要蓝色和黑色的，买两条。还得写一封回信……最后，还得把各种事项记到笔记本上……